2003: Konrad Wallinger entsorgt Hinterlassenschaften von unbekannt Verzogenen. Er findet ein Manuskript und beginnt mit Nachforschungen über einen Mann, der aus unerklärlichen Gründen regelrecht die Flucht aus seiner Heimatstadt ergriffen hat. Dabei stößt er auf verdrängte Geschehnisse, die auch das eigene Leben verändern und greift in ein Räderwerk aus Schuld und Rache ein.

Andreas Eichelberger, geboren 1962 in Karl-Marx.Stadt, verheiratet, ein Sohn

2008 „Nichts von alledem"

2008 „Dämmerung"

2015 „Feldzug mit Burgunder"

Andreas Eichelberger

Wasser ist dicker
als Blut

gewidmet H. Walzel,
der es noch gelesen hat

Bibliographische Information der Deutschen Nationalbibliothek
Die Deutsche Nationalbibliothek verzeichnet diese Publikation in
der Deutschen Nationalbibliographie, detaillierte bibliographische
Daten sind im Internet über
http://dnb.d-nb.de abrufbar.

Herstellung und Verlag: BoD - Books on Demand, Norderstedt
© 2018 Andreas Eichelberger
9-783746-092935

Erster Teil

2003

Vor ein paar Tagen bekamen wir einen rätselhaften Auftrag. Die Grundstücksgesellschaft hatte unsere kleine Firma angewiesen, eine Wohnung zu beräumen, deren Mieter seit ungefähr zwei Monaten als verschwunden galt. Der Briefkasten war mit Werbebroschüren verstopft. Die Nachbarn meldeten es schließlich. Derlei war oft um die Wendezeit vorgefallen, aber jetzt, vierzehn Jahre später?

Wir rückten acht Uhr morgens zu zweit mit dem Transporter an. Ein Sperrmüllcontainer stand im Hof bereit, direkt unter dem Wohnzimmerfenster. Mein Chef hatte den Schlüssel zu den Räumen und öffnete; er packte selbst mit an.

Der Name des ehemaligen Bewohners lautete Gernot Ebeling. Niemand hatte von einer überstürzten Flucht etwas bemerkt oder Außergewöhnliches an seinem Gebaren festgestellt. Eingezogen war Ebeling erst vor drei Monaten. Was er beruflich ausübte, wusste keiner zu sagen; er galt als wortkarg. In der Wohnung hatte er laut Aussagen allein gelebt. Im Übrigen ging uns das nichts an; das war Sache der Behörden.

Als wir in die verlassene Wohnung Ebelings eindrangen, empfing uns stickiger Geruch. Wir sahen uns zunächst um, die Lage sondierend, die wenigen Gegenstände überfliegend, die in der Wohnstube verteilt waren, nachdem wir den kleinen Flur durchschritten hatten. Der Chef riss das Doppelfenster zum Hof auf und ließ frische Luft herein. Wir begannen mit der Entsorgung und Asservation der Sachen. Das kümmerliche Mobiliar wurde durch das Fenster in den Container geworfen. Die Brutalität einer

5

Zwangsräumung. Ich hörte unten im Hof das Holz splittern. Die kleineren persönlichen und beweglichen Dinge verbrachte ich unterdessen in mitgenommene Fässer zur Aufbewahrung. Das war Vorschrift, gesetzt den Fall, dass der ehemalige Besitzer sich wieder melden könnte.

Der Ex-Mieter hatte eine spartanische Einrichtung. Keine Schrankwand oder monströse Kommoden, sondern nur billige gebrauchte Kleinmöbel. Ein eigenartiges Gefühl bemächtigte sich meiner, als ich die Habseligkeiten verstaute. Es war, als räumte ich die Dinge eines Verstorbenen ein. Dann wieder kam ich mir wie ein Dieb vor, der alles stahl. Gleich würde dieser Ebeling im offenen Türrahmen stehen und empört fragen, was wir hier trieben. Doch nichts dergleichen geschah.

Im Flur blieben eine Bohrmaschine und etwas Werkzeug übrig. Aus dem Badezimmer entfernte ich ein paar Pflegemittel, aus der winzigen Küche einen Teller, etwas Besteck, eine Kaffeemaschine. Der Kühlschrank war fast leer. Da fiel mir zum ersten Mal auf, dass der Mieter sich vielleicht gar nicht so Knall auf Fall verzogen hatte. Auch waren nirgends Pflanzen zu sehen. Die Wohnstube barg kaum mehr: einen uralten Rechner, ein paar Zeitschriften und Bücher in einem Regal.

Mittlerweile waren die Räume ihrer Gegenstände fast völlig beraubt. Zuletzt wartete noch ein Schreibtisch auf das Abwracken. Aus den Schubladen zog ich letzte Utensilien, Kugelschreiber, Leimtuben, Taschenrechner, Locher. Und schließlich geriet mir ein Päckchen beschriebener kopierter Blätter in die Hände. Der Chef wartete bereits ungeduldig auf das Entsorgen des Tisches; offensichtlich war er ein Zerstörungsfanatiker, vielleicht wollte er auch nur den Auftrag ohne Zeitverlust beenden.

Auf dem Deckblatt stand oben rechts der Name Ebelings. Ich packte die Papiere mit in das bereitstehende Fass und wir wuchteten gemeinsam das letzte Möbelstück des ehemaligen Bewohners aus dem Fenster in den Container. Über den Sims gestoßen, schien der Tisch nur widerwillig zu kippen und entsetzlich langsam zu fallen. Unten angekommen, krachte er mit übermäßiger Gewalt auf die darin befindlichen Schränkchen und zerbrach sie unter seinem Gewicht. Es war, als ob sich das Leben dieses Ebeling in dem Moment wie im Zeitraffer verdichtete.

Meine Frau Liane, der ich abends von meinen Verrichtungen erzählte, arbeitete auf dem Finanzamt und, neugierig geworden, bekam sie am nächsten Tag anhand Ebelings letzter Steuererklärung heraus, dass er am 6. Februar 1963 geboren, ledig und kinderlos war, und zuletzt den Beruf eines Pflegers ausübte. Das klang alles ziemlich uninteressant, doch ich erinnerte mich an den kleinen Papierstapel, den ich in seiner Wohnung gefunden hatte. Da ich selbst gern und viel las, beschloss ich, mir die Blätter zu holen.

Ich hatte Zugang zu den eingelagerten Gegenständen und kramte, als sich eine Gelegenheit bot, die Seiten aus dem Fass. Offenbar handelte es sich um die Kopien eines Manuskripts, das Ebeling selbst verfasst hatte. Das Original war vermutlich in seinem Besitz.

Am einem Samstagabend begann ich im ehemaligen Zimmer meines Sohnes, der schon ausgezogen war, von einer leisen Ehrfurcht gepackt, mit der Lektüre, die keinen Titel trug:

„Mein Name ist Gernot Ebeling. Was habe ich denn schon groß zuwege gebracht?

Ich habe mich in die aufgegebene Wohnung eines alten Freundes geflüchtet und schreibe diese Zeilen.

Oft denke ich an meine Kindheit zurück. Sie war unbeschwert und wies den Weg in eine Zukunft voller Hoffnung. Ich sehne mich nicht danach, ich vergesse sie nur nicht.

Die hellen flachen Steine, prall von der Sonne beschienen, sind mir in Erinnerung geblieben, diese unförmigen Rhomben und Trapeze, eingelassen in den Boden, auf denen ich Tag für Tag in den Hinterhof eilte, in meine Welt der Riten und vertrauten Dinge. Zwei riesige Pappeln thronten rechter Hand. In der Nacht begannen sie eine uralte Geschichte zu flüstern. Der Strauch, unter dessen Zweigen wir die sterblichen Überreste einer Katze entdeckten, bescherte uns ungerührt Haselnüsse. Den Ahorn, eines starken Astes beraubt, weil seine Arme ins Nachbargelände ragten, bestiegen wir unverdrossen bis in die Spitze. Wilder Holunder wuchs am Zaun, und auf den Dächern angrenzender Garagen schmolz die Teerpappe im Sommer. Der Geruch von nassem Laub wird mich mein Leben lang begleiten. Das Wasser der Pfützen spiegelte den Himmel. Die warmen Jahreszeiten hielten ein, was sie versprachen, und die Winter waren schneereich in der Weihnachtszeit.

An unsere saubere Hauswand hatte jemand mit Kreide gekritzelt: ‚Mario ist doof'. Daneben stand: ‚Ich liebe Gunda Zobel'. Ich hatte es selbst geschrieben. Ich sah sie ständig hinter dem Zaun und mochte sie sehr. Ihre Brüder waren meine Freunde. Doch sie, sie schien mir so fern wie Tom Sawyer seiner Becky Thatcher. Ihr gelber Bikini machte mich fast blind.

Es gab eine Bank in der Nebenstraße, umgeben von Linden, die ihren unbeschreiblichen Duft verströmten. Von dieser Bank aus beobachtete ich die Welt um mich herum. Wer wohl schon alles hier gesessen hatte? Verliebte Paare, zerstrittene Freunde.

Das geheime Reich, was den Zobel-Brüdern und mir gehörte, war die Wildnis am nahe gelegenen Fluss. Hier kannten wir jeden Strauch, jeden Winkel und alle Fluchtwege, falls Gefahr drohen sollte. Welche Mutproben wir auf uns nahmen, gehört schon fast ins Reich der Fabel. Ich war fasziniert von der Gelassenheit, wenn es galt, Bäume zu erklimmen und die zwei Brüder den Stamm und die Äste begutachteten.

Der Fluss lag im Tal; zu ihm führten mehrere steile abschüssige Trampelpfade. Ein zwanzig Meter hoher Aussichtsturm erlaubte den Blick über einen Teil der Innenstadt. Es reichte nicht, dass wir ihn hinabkletterten; wir wollten danach wieder hinauf. Das Gefühl war einfach anders. Die Angst war schon da, aber wenn man jung ist, gibt man nicht Acht… Die Angst und der Leichtsinn. Ich möchte nicht länger darüber schreiben.

(Es ist spät. Ich werde schlafen gehen. Unten im Hof lärmen junge Leute fröhlich beim Grillen. Geruch verbrannten Holzes dringt hoch. Morgen ist Dienstag. Ich werde nicht mehr in das Heim gehen. Als ich so alt war wie diese Tagediebe da unten, hab ich mächtig wackeln müssen, in Schichten. Was es aber auch ständig zu lachen gibt, will nicht in meinen Kopf. Machen die sich über jemanden lustig, oder gibt es so viele Witze? Warum haben die keine Pflichten?) –

Unweit von meiner elterlichen Wohnung befand sich eine stillgelegte Station der Reichsbahn. Ich stahl mich manchmal dahin; ohne meine Kumpels, ich wollte dort allein sein. Meistens wählte ich die Zeit nach dem Mittag aus, wenn die Hitze waberte. Ich setzte mich auf die Bahnsteigkante und starrte auf den Schienenstrang. Zwischen den Schwellen der Gleise wucherten Beifuß und Löwenzahn. Und immer stellte ich mir vor, wie das wäre, wenn hier die Räder rattern, sich Reisende aufgeregt miteinander unterhalten, andere mit Taschen noch eilig dazu stoßen, die Zeit nicht zu verpassen, eine Stimme aus dem Lautsprecher ertönt, unnachgiebig, endgültig, den Abschied festsetzend. Ein schriller Pfiff, lautes Türenschließen, Winken. Doch hier würde kein Zug mehr vorbeikommen, und das machte mich traurig. Aber ich mochte es. Die Natur holte sich diese abgesonderte Zelle zurück. Der Warteraum träumte verwaist; selbst die Bahnhofsuhr war stehen geblieben. Die Zeit war eingefroren. Hier konnte man nachdenken, und doch war dieses Grübeln oft quälend...

(Kürzlich bin ich abends zurück an diesen ehemaligen Steingarten gegangen, den mein Stiefvater vor über dreißig Jahren angelegt hatte. Längst war er verwildert und überwuchert von Schösslingen. Es gab hier immer noch die alten Gaslaternen, mit still glimmender Flamme oben im Gehäuse. Hier wuchs der Ahorn, dessen Wurzeln den Bordstein aus dem Boden gehoben hatten, eine stumme Kraft, die Jahrzehnte währte...)

Die Erinnerung ist Segen und Fluch zugleich. Als ich zwölf war, habe ich mich wohl zum ersten Mal verliebt. Es schien mir wie ein Urknall. Mein Leben geriet aus den Fugen; ich vergaß alles um mich herum. Sie hieß, glaube ich, Ulrike und war mit ihren Eltern in diese Gegend gezogen. Da sie noch niemanden kannte, trieb es sie auch in unsere Straße, um Kontakte zu knüpfen. In den langen Sommerferien verdrängte man die Schule völlig. Ulrike war anders, frech, wild und jungenhaft. Sie hatte dunkles Haar; es floss durch meine Hände wie Sand. Im Schein der Abendsonne sehnte ich den nächsten Tag herbei, bis Ulrike mir irgendwann aus unerklärlichen Gründen fernblieb. Ich weiß nicht, was aus ihr geworden ist…" –

Ich legte das Manuskript kurz weg. Gut, Ebelings Kindheit mochte wunderbar gewesen sein, aber ich hatte ein komisches Gefühl, als ich diese Seiten las. Irgendwie drängte sich mir der Eindruck auf, dass er mit einer merkwürdigen Wehmut davon berichtete; er schien mir etwas depressiv zu sein. Waren das seine Memoiren? Ich verbot mir, weiter hinten einmal nachzuschlagen, um die Chronologie nicht zu unterbrechen.

„So gut ich mich mit den Nachbarsjungen verstand, so fand ich doch relativ wenig Zugang zu meinen Kameraden in der Schule. Ich war von der Ersten bis zur Zehnten in einer Klasse, was mich später mit ein bisschen Stolz erfüllte, denn nur wenige können das vorweisen. Wobei, es ist unerheblich.
Ich sah viele Schüler kommen und gehen; einige waren nur kurz da, andere länger, und manche blieben. Wenn ich mich schon anfreundete, dann mit einem dieser Neuen, weil sie frischen Wind, andere Ideen und Interessen mitbrachten, doch von den meisten mit Misstrauen bedacht wurden. Ich erinnere mich: Ein gewisser Wenske, ein wenig introvertiert und immer ernsthaft, begeisterte mich damals derart für die Länder der Erde, dass ich letztlich die Flächen, Einwohnerzahlen und Hauptstädte auswendig kannte. Und Schönberger, ein lockerer Typ, der auch

nicht lange bei uns weilte und dem ich Nachhilfe in Russisch geben sollte, was kaum fruchtete, weil wir nur herumalberten, lud mich in die Wohnung seiner Mutter ein. Sie war geschieden, schon seit mehreren Jahren. Tagsüber arbeitete sie in einem Milchladen, und nach der Schule beschlagnahmten Schönberger, dem das lange Haar wirr in die Stirn hing, und ich die Räume, tranken ihren Rotwein und machten uns über die russische Sprache lustig. Bei ihm begann mich die seltsame Einrichtung zu interessieren; es war eine andere Welt, seine Mutter hatte Möbel aus den Zwanzigern, alles atmete den Hauch der Vergangenheit...

Die alteingesessenen Mitschüler fand ich langweilig; ich kannte all ihre Marotten. Auch die Mädchen erwiesen sich als ziemlich zickig, nun, jedenfalls hingen sie in Grüppchen zusammen und lachten über uns...

(Jetzt, fällt mir ein, haben sich die Zeiten geändert. Die jungen Mädels halten das Zepter hoch und bestimmen über Wohl und Wehe der männlichen Zeitgenossen ihres Alters. Sie sind mächtig geworden und ihr Körper ist ihr Kapital.)

Ich glaube, dass in der vierten Klasse Scholl zu uns stieß, ein schlanker dunkelhaariger Junge, der womöglich unbeabsichtigt den Notendurchschnitt der Klasse um ein Grad anhob. Er trug stets ein kleines Heftchen mit sich herum, in das er seine Zensuren eintrug und wurde mein Banknachbar. Er wollte genau wissen, wie es in den betreffenden Fächern um ihn stand. Ich tat es ihm nach, und schließlich, als es ruchbar wurde, dass er sich verbesserte, auch der Rest der Klasse. Es war eine Zeit, in der alle emsig übten und sich befleißigten. Aber auch das fand ein Ende. Wir wurden älter und flegelhaft.

Im Rückblick wird mir jetzt bewusst, wie oft die Sitzordnung verändert wurde, die damit ihren Sinn verlor. Ich musste ständig den Platz wechseln und hockte neben immer anderen Mitschülern.

Erst wenn man Stunde um Stunde vielleicht dreißig Zentimeter voneinander entfernt war, bemerkte man erst, wie der Nachbar oder die Nachbarin tickte. Auch der Einfluss wurde spürbar; ich war leicht zu manipulieren. Häufig ahmte ich die Schrift nach; das ist mindestens viermal passiert. Schriften haben eine Aussage; das ist nicht von der Hand zu weisen. Sie waren entweder schwungvoll mit großen Anfangsbuchstaben oder auch sehr klein und diszipliniert. Was ich zu Papier brachte, fand ich krakelig und unvollkommen. Ich hatte meinen Weg noch nicht gefunden.

Was niemals zu unterbinden war: die Gruppenbildungen innerhalb einer Klasse. Um einen großmäuligen, oftmals etwas kräftiger gebauten Wortführer scharten sich die meisten Jungen und redeten ihm nach dem Munde, damit er Notiz von ihnen nahm. Und beim weiblichen Geschlecht war es ähnlich: Mit den größten Brüsten galt ein Mädchen unweigerlich als Häuptling; man hörte auf sie, immerhin trug sie ihre Vorteile unmittelbar vor sich her, das bekannte *Holz vor der Hütte*, und physischen Eigenschaften zollte man von jeher Anerkennung.

(Mittlerweile hatten wir zwei Klassentreffen, und ich musste konstatieren, dass man inzwischen auch ehemalige Außenseiter achtete. Die Kameraden von einst, auch die Mädchen, deren feine Fältchen verrieten, dass sie längst wussten, wo der Hammer hängt, waren allesamt ruhiger geworden, fast konsterniert vor Trauer über die Jahre, die auf unerklärliche Weise verloren gegangen waren. Man hörte ernsthaft zu, wenn einer was zu sagen hatte.

Die Songs der *Stones* waren verklungen; man drehte wie in Panik das Autoradio lauter, wenn *Sympathy for the devil* ertönte. Mit einer gewissen Wehmut wurden bereits die Enkel betrachtet, die manche schon vorweisen konnten.

Die Lehrer beklagten früher unsere Zettelwirtschaft; jetzt hefteten wir die Ereignisse unseres Lebens, vorwiegend unangenehme, in preiswerte Ordner von *Pennypiper* ab, erhältlich zu 0,99 Euro.)

Die Lehrer waren so verschieden wie wir: Uhlenbrock warf damals mit seinem Schlüsselbund nach Schülern, welche einzupennen drohten. Eine Kollegin von ihm gestaltete den Unterricht so, dass sie dem Schlaf noch Vorschub leistete. Wallroth jedoch reinigten wir in vorauseilendem Gehorsam die Tafel, da seine Stunden unser Interesse weckten und er eine Stimmungskanone war... -

Doch ich möchte noch weiter zurückschreiten: Als ich acht Jahre alt war, ließen sich meine Eltern scheiden. Ich bekam nicht allzu viel mit; sie machten das unter sich aus. Fakt war, das stellte selbst ich fest, dass mein Vater, ein drahtiger hektischer Mensch, ständig in seinen Boxclub ging. Das Hobby beherrschte ihn völlig. Er vernachlässigte nicht nur mich und meine ältere Schwester Petra, sondern auch meine Mutter. Ihr kamen Zweifel, sie stellte ihn zur Rede, doch er blieb stur und faselte von Verpflichtungen und Meisterschaften. Das ließ sie nicht auf sich sitzen und zog die Konsequenzen. Ich weiß noch, dass er mich ständig zum Boxen animieren wollte. Er hatte eine hohe Erwartungshaltung an mich. Ich verabscheute das.

Vater musste uns verlassen; fortan lebten wir zu dritt. Es lief ganz gut. Meine Schwester pflegte ihre Freundschaften und wir weilten oft bei unserer Großmutter, die immer schon alles geahnt hatte. Sie war weise und gütig.

Noch Ende des Jahres färbte sich meine Mutter das Haar blond und begann auffällige Kleidung zu tragen. Sie hatte einen neuen Mann kennen gelernt. Außerdem wurde sie schwanger und heiratete erneut. Danach setzte sie ihre Tätigkeit im örtlichen Fundbüro fort.

Mein Stiefvater, ein rothaariger kräftiger Mann mit Prinzipien, hatte auch ein Faible: das unermüdliche Heimwerkern. Beruflich war er Disponent. Mich betrachtete er von Anbeginn mit etwas Argwohn und Distanz. Petra, meine dünne dunkelblonde Schwester, war schon vierzehn, doch bei ihr reagierte er nicht anders.

Schließlich bekamen wir einen Halbbruder, Ralf, einen kleinen zu fütternden, zu wickelnden und zu badenden Säugling, dem von nun an alle Aufmerksamkeit galt. Und die Jahre vergingen. –

Ich war zwölf, als sich meine schriftstellerischen Ambitionen einstellten, denn ich las schon von jeher viel, verschlang die Bücher regelrecht. Ich war Mitglied in der Stadtbibliothek und lieh mir monatlich mindestens vier Exemplare aus. An manchen Tagen schaffte ich fünfundsiebzig Seiten. Und eine phantastische Welt tat sich vor mir auf: *,Unter Korsaren verschollen', ,Das Tal des zornigen Baches', ,Gefangene der Pantherschlucht'.* Eines Tages versuchte ich, selbst etwas zu Papier zu bringen. Erste dilettantische Versuche. Petra ging tanzen und ich saß an unserem kleinen Schreibtisch und erfand Helden und Handlungen.

Ich mochte meinen kleinen Bruder Ralf, der nun heranwuchs. Er hatte glattes dunkles Haar, war still und beschäftigte sich mit seinem Spielzeug. Einmal habe ich ihn sehr verletzt. Die Hülle eines Kartenspiels war mir abhanden gekommen. Während ich sie fieberhaft suchte, bastelte er mir eine neue. Sie erschien mir zu provisorisch; es gab Tränen. Ich denke noch heute daran zurück. Das Gefühl von Schuld kann tief sitzen…

Dass ich oft schrieb und las, störte meine Eltern. Sie sondierten auch keineswegs meine literarischen Ergüsse. Für sie war das dummes Zeug, verlorene Zeit, das Argument von pragmatisch denkenden Menschen. Dabei trieb ich mich häufig draußen herum und verursachte so manchen Ärger. Bäume und Garagendächer, Abenteuerlust. Kein Wunder, dass die Anwohner auf die Barrikaden gingen. Es gab Hausarrest.

Mit vierzehn begriff ich, dass Schule die Hölle sein kann. Klassenkeile und *Mobbing*, ein Begriff, den es damals noch nicht gab, die Form des psychischen Terrors, lernte ich kennen. Man musste es durchstehen, dass Größere oder Gleichaltrige Geschmack daran fanden, grundlos zu quälen. Im Winter eingeseift zu werden, einfach mal auf die Fresse zu kriegen, das gehörte unweigerlich dazu. Auch andere traf das, in der Regel unauffällige Schüler, die durch ihre Schweigsamkeit und ihr Hinterbänklerverhalten in den Fokus der Stärkeren gerieten.

Auch begann das Buhlen um Freunde. Wer auch mit wem Fußball spielte oder sich interessemäßig austauschte, stets war ein anderer eifersüchtig. Schließlich bildete sich dann ein Dreigestirn heraus: Kauschke, Rademacher und ich. Doch die Prüfungen kamen auf uns zu, und wir hatten diesbezüglich Sorgen. Es wurde Ernst.

Einige hatten vielleicht eine andere Meinung, aber die Abschlussfeier der Zehnten stimmte mich traurig. Es wurde noch mal tüchtig getrunken, wilde Verbrüderung mit manchem Lehrer, na wie das so ist...

Wir verloren uns fast alle aus den Augen. Kauschke, ein wirklich kluger Kamerad, wollte studieren; nur mit Rademacher, einem begnadeten Fußballspieler, blieb ich in Verbindung.

Ich begann eine Druckerlehre, denn mein Traum war es, später einmal Schriftsteller zu werden, und lernte alles über das ‚Abrakeln', die ‚Versalien' und so genannte ‚Schusterjungen'. Ab jetzt bestimmten auch Motorräder unser Leben. Doch zum Schreiben fehlten mir die Zeit und die Intuitionen, da auch die Mädchen eine gewisse Rolle spielten. Nun war es so weit, den Konkurrenzkampf auszuweiten, der unser Leben fortan bestimmen sollte.

Mein Bruder Ralf wuchs heran und stromerte nun selbst durch die Hecken meiner Kindheit. Petra zog aus, begann im Stadtarchiv zu arbeiten, heiratete Martin, der Gerüstbauer war und bekam einen Sohn.

Nach Beendigung der Lehre wurde ich zur Armee eingezogen, ein Kapitel, das ich hier ausspare, weil es zu weit führt. Im Prinzip war es die zweite Hölle, durch die ich offenbar gehen musste, um richtig erwachsen zu werden. Ich lernte allerhand: Häme, Aggression, Feindschaft, Neid, eine wunderbare Bandbreite der menschlichen Eigenschaften. Rademacher schrieb in seinen Briefen das Gleiche.

Während dieser Zeit, im Kompanieurlaub, besuchte ich Petra und ihren Mann, und zum ersten Mal schien sie mich überhaupt wahrzunehmen und es kam etwas wie geschwisterliche Zuneigung zustande.

Sie arbeitete mittlerweile wieder im Stadtarchiv. (Ich erinnere mich, dass sie, als sie siebzehn war, einmal im Hof beim Laufen gestürzt war. Ihr Knie zeigte eine klaffende Wunde. Ich half ihr in die elterliche Wohnung und meine Mutter versorgte das Übel. Wir hockten zu dritt im Badezimmer, auf sehr engem Raum, und ich musste unerklärlicherweise an den Krieg denken, denn damals hatte ich schon viel darüber gelesen.)

Als ich von der Armee in die Zivilisation zurückkehrte, fand ich mich nicht gleich zurecht. In meiner Druckerei war kein Unterkommen mehr, der Arbeitsplatz war besetzt. Das störte mich aber kaum; ich hatte wenig Bock, dort wieder anzufangen, wollte mein Leben ordnen und bezog eine kleine Wohnung; ich hatte während der Armeezeit etwas angespart. Dann fand ich schließlich eine Stelle in einer Härterei; es war nicht das Gelbe vom Ei, doch ich konnte Kohle verdienen.

Dort, in Gestank und Lärm, lernte ich Patricia kennen. Sie war lebhaft und arbeitsam; ich fand sie außergewöhnlich schön, sie ähnelte in ihrem Äußeren einer jungen italienischen Filmschauspielerin. Ich begriff nicht, warum sie diesen furchtbaren Beruf hatte ergreifen können, doch später erklärte sie mir, dass sie gelernte Näherin war und nichts auf der Welt sei ihr lieber gewesen, als da aufzuhören. Acht Stunden an dieser ratternden Maschine mit Leistungsdruck…

Wir arbeiteten in dieser Härterei in Schichten. Viele waren mit dem Wagen da, doch Patricia und ich mit der Bahn. Einige boten ihr fast täglich an, sie nach Hause zu fahren; sie besaß eine winzige Wohnung in einer stillen Straße, doch lehnte sie stets ab. Nun fuhren wir mit der Bahn, es war der selbe Weg. Ein aufdringlicher Typ bin ich nie gewesen, und das schien Patricia zu mögen. Wir schwiegen die meiste Zeit in der Bahn, die uns langsam, aber sicher der Wohnstatt entgegenführte. Jetzt erst, nachdem sie geduscht und sich umgezogen hatte, nahm ich ihre Schönheit und ihr fülliges dunkelblondes Haar, das sie bei der Arbeit hochsteckte, noch eindringlicher wahr. Patricia bemerkte schon meine gelegentlichen verschüchterten Blicke auf ihren schlanken Körper, doch machte ich keine begehrlichen Anstalten. Wir hatten uns geeinigt, dass ich sie in der Nacht nach der Schicht noch nach Hause bringe; das war für mich eine Ehrensache, da gab es keine Frage. Ich verabschiedete sie an der Straßenecke und beobachtete Patricia noch, bis sich die Haustür hinter ihr geschlossen hatte. Auch sie schien froh über diese positive Wende bezüglich ihres Nachhausewegs, bisher war sie immer etwas befangen in der nachts kaum bevölkerten Bahn.

Und eines Abends, sie wusste bereits, wo ich hauste, besuchte mich Patricia. Sie stand vor der Tür und sagte: ‚Was ist, Gernot? Willst du mir nicht mal dein Domizil zeigen?' Ich ließ sie überrascht ein und raffte en passant ein paar herumliegende Dinge zusammen, was sie zu einem Lächeln veranlasste. ‚Möchtest du was trinken, Pat?'

‚Gern, vielleicht einen Kaffee.' Während ich in der Küche das Gebräu zubereitete, sah sie sich im Wohnzimmer um, das mir gleichzeitig als Schlafraum diente. Als ich zurückkam, fragte Pat: ‚Hast du 'n Cognac dazu?'

‚Ja, rein zufällig.' Nach einer Weile sah sie mir in die Augen und fragte: ‚Warum bist du immer so still, Gernot?'

‚Ich weiß nicht, vielleicht bin ich der Welt ein wenig überdrüssig.' Wir landeten im Bett und zogen später sogar zusammen, weil sie ihre Wohnung kündigte. Ich konnte mich glücklich schätzen, so ein hübsches Mädchen gefunden zu haben; alle drehten sich nach ihr um. Es war der Neid von Rivalen, die Pat nicht mal kannten, aber so ist das, es wird keinem etwas gegönnt.

Wir gestalteten die kleine Wohnung nach ihrem Ermessen um. Ich ließ Pat freie Hand; wo Blumen standen und irgendwelche bedeutungsvolle Bilder hingen, war mir im Prinzip egal.

Doch was mir nicht passte, war der Umstand, dass sie in der Härterei schuften musste. Ich kannte die Mutter eines Freundes, die Verkaufsstellenleiterin war. Es gab keine Probleme; ich konnte Pat dort als Kassiererin unterbringen. Da hatten wir endlich ein paar gute Jahre."

„Was stöberst du da, Konrad?" Meine Frau war hereingekommen und beugte sich über mich.

„Das ist ein Manuskript, von diesem verschwundenen Ebeling."

„Lies mir doch vor", sagte Liane. „Früher hast du das immer gern getan. Ich find mich da schon rein…"

Wir gingen ins Wohnzimmer und setzten uns auf die Couch. Sie goss uns etwas Wein in zwei Gläser. „Was steht denn so drin?"

„Es ist sein Werdegang. Irgendwie erinnert mich das an uns."

Liane, meine Frau, hatte ich in einer Diskothek kennen gelernt. Damals war ich von einer dreijährigen Dienstzeit in der Nationalen Volksarmee zurückgekehrt und wollte es krachen lassen, anders ausgedrückt hieß das, tanzen gehen, trinken und abfeiern. Wovon dieser Ebeling geschrieben hatte, konnte ich gut nachempfinden; auch ich durchschritt diese vielen Monate des *Dienens* mit dem Gefühl der Angst und Hilflosigkeit. Doch danach war alles anders. Ich wischte die ganze Vergangenheit wie mit dem Schwamm von einer Tafel ab. Ich traf mich mit

20

Mädchen; immerhin hatte ich eine gewaltige Durststrecke hinter mir. Ich stieß durch Zufall auf einen Kameraden aus meiner Armeezeit, trat einem Jugendclub bei und lernte dort meine Zukünftige kennen, ein verrücktes schwarzhaariges Mädchen. Es funkte damals sofort zwischen uns und auch wir zogen zusammen.

„Also", wandte ich mich Liane zu. „Hier geht's weiter. Er schreibt über seine Freundin Pat:

Ich verstand mich sehr gut mit Patricias Mutter – sie war seit einigen Jahren Witwe – nur ihr Sohn Thilo hatte ein seltsames Verhältnis zu uns. Er schien es wie hinter Glas wahrzunehmen, dass ich mit seiner Schwester zusammen lebte; er schenkte der Bedeutung dieser Tatsache keinerlei Beachtung, war sogar bei Familientreffen merkwürdig sarkastisch und verhielt sich arrogant, fast herablassend. Wir kamen viel später erst dahinter, aus welchem Grund. Thilo hatte eine selbstgefällige Art, aber er konnte glänzend die Leute unterhalten und schob sich damit in den Mittelpunkt.

Pat wurde auch von meinen Eltern geachtet. Was meinen Stiefvater betraf, hatte er uns mit einem weinenden Auge davonziehen sehen, schon vor Jahren. Er schien mitunter ein wenig zu staunen, wie sich die Entwicklungen vollzogen. Er hätte mich mehr lieben sollen. Ralf begann eine Lehre als Informatiker, in diesem Metier war er gut.

Ich fuhr im Sommer mit Pat einige Male an die Ostsee nach Dierendorf, einem idyllischen Ort, den man uns empfohlen hatte. Wir waren oft ziemlich einsam an der Küste, kannten niemanden, aber die Luft und das Meer taten uns gut. Ich schwamm weit hinaus und sah zum Ufer zurück; die Gestalten wurden immer kleiner, entfernten sich, und ich musste zum ersten Mal an den Tod denken.

An einem Anreisetag liehen wir uns einen Strandkorb und ich handelte mit einer jungen Frau, die diese Aufgabe innehatte, die Formalitäten aus. Pat war schon weitergegangen.

Die Frau, deren langes blondes Haar vom Wind zerzaust wurde, stand auf einer Düne unmittelbar am Weg, der zum Strand führte. Sie hatte eine Liste vor sich auf einem Campingtisch liegen und trug dort die Nummer ein. Dann gab sie mir ein Ticket und lächelte mich an. In diesem Moment, als der salzige Wind vom Meer herüber getragen wurde, übermannte mich ein Gefühl grenzenloser Sehnsucht... " –

Ich hielt inne und sann über diese Zeilen nach. Liane sagte nichts und schien ebenfalls gedankenverloren. Ich legte das Blatt hinten an und fuhr fort.

„Ich wurde nach der Armeezeit ein zutiefst unpolitischer Mensch. Wenn etwas nicht lief, konnte ich immer noch zur Gewerkschaft gehen. Aber dann kam die Wende.

Ich will es kurz machen. Zu all dem hatte ich keine ausufernde Meinung. Wir holten das Almosen, das Begrüßungsgeld, und kauften im Westen eine Uhr, die nach zwei Wochen ihren Geist aufgab.

Ich machte mir keine Illusionen und sollte recht behalten. Die Härterei, in der ich arbeitete, schloss nach der Einheit ihre Pforten und wurde abgewickelt. Sie rentierte sich nicht. Die Kaufhalle, in der Pat fast jeden Kunden kannte, übernahm eine

Supermarktkette; man riss die Mauern ab und baute neu. Auch Pat verlor nun ihren Beruf, den man jetzt *Job* nannte. Also hatten wir beide unsere alten *Jobs* los und waren ab jetzt auf der Suche nach einem neuen *Job.* Die Menschen arbeiteten nicht mehr, sie *jobbten.* Wir gingen nicht mehr zum Fleischer und zum Bäcker, sondern zum *Metzger* und in den *Backshop.*

Abertausende landeten auf der Straße. Die Mieten schossen in für uns Schwindel erregende Höhen. Allerdings gab es auch erfolgreiche Emporkömmlinge, die plötzlich ihr Mäntelchen umdrehten, und es gab eben auch die anderen, die Verlierer der Einheit, rechtschaffene Leute...

In dieser Zeit zog eine merkwürdige Ruhe und Leere in unser Leben und die Wohnung ein. Ich las die Tagespresse, wir *zappten* uns durch das nun reichhaltige Fernsehangebot, was man trotz allem als verblödend bezeichnen konnte, und ich schaute mir abends Urlaubsfotos an. Reisen würden wir uns in Zukunft abschminken können. Dabei fiel mir ein Bild in die Hände, auf dem im Hintergrund die Frau zu sehen war, welche an der Ostsee die Strandkörbe verliehen hatte. Und ich begann seit sehr langer Zeit wieder zu schreiben. Ich verstieg mich diesmal auf Gedichte und wurde in der Arbeitslosigkeit immens schöpferisch tätig.

Dann schlug ich mich mit Umschulungen und Weiterbildungen herum, doch fruchtete das kaum. Eine feste Anstellung blieb mir verwehrt.

Mein Bruder Ralf hatte inzwischen seinen Abschluss zum Informatiker und ging danach als Quereinsteiger in den Verkauf von Hi-Tech an große Firmen, was ihm einen kometenhaften Aufstieg bescherte. Die Sache lag ihm. Und er heiratete seine

Jugendliebe, eine zierliche junge Frau. Sie besaß mittlerweile ein kleines Blumengeschäft. Er zog mit ihr aus der Wohnung, die sie zwischenzeitlich angemietet hatten, und sie quartierten sich in einem Zweifamilienhaus etwas außerhalb der Stadt ein.

Ralfs Polterabend ist mir in Erinnerung geblieben. Ich war nicht der Einzige, der ernüchtert und etwas apathisch an einem der vielen Tische hockte.

Die geladenen Gäste, zu Dutzenden aufgetaucht, hatten das große Restaurant regelrecht beschlagnahmt. Auch Ralfs Vater, mein Stiefvater, sah dem Treiben mit ein wenig Skepsis zu, musste er doch konstatieren, dass so viele Freunde und Bekannte wie aus dem Boden gestampft schienen und dass ihm sein leiblicher Sohn über den Kopf gewachsen war. Hinter seiner gerunzelten Stirn vermutete ich Gedanken, die sich wohl darum drehten, wie ein so junger Mensch so rasch zu Besitz und Ehren gelangen konnte. Es war nun die dritte Gesellschaftsordnung, die mein Stiefvater durchlebte, und er dachte wahrscheinlich daran, wie lange es gedauert hatte, bis er zu etwas bescheidenem Wohlstand gekommen war. -

Pat's Bruder Thilo war vor der Wende in der SED-Kreisleitung beschäftigt gewesen. So richtig wussten wir beide nie, was er dort bewerkstelligt hatte. Nachdem nun die alte Partei aus den Angeln gehebelt wurde, erstaunte es uns umso mehr, dass er plötzlich, wie aus dem Nichts, sofort wieder Fuß als Fuhrparkleiter fasste. Ein neuerlicher Grund, der ihn veranlasste, uns von oben herab zu behandeln. Es entzog sich unserer Kenntnis, wie er zu diesem *Job* gekommen war. Fakt blieb, dass Thilo das als selbstverständlich betrachtete und behauptete, wer Arbeit suche, sie auch fände. Er war verheiratet, seine Frau auch berufstätig – die Wende hatte sie verschont – demnach beurteilte er die Welt, wie sie sich für ihn offerierte.

Ich hatte immer geglaubt, dass ein älterer Bruder noch immer, auch später, eine Art Beschützerinstinkt für seine jüngere Schwester behält...

Aber die Gründe mochten tiefer liegen. Pat wurde als Jüngere früher bevorzugt, und er als Sohn härter angefasst. Er rächte sich offensichtlich auf subtile Weise, obwohl er alles schon besaß und längst im Vorteil war. -

Nach der Einheit wurde alles anders. Man konnte haben, was man wollte, wenn die Kohle stimmte, aber das Menschliche blieb auf der Strecke. Freundschaften zerbrachen, Ehepaare ließen sich scheiden, viele fragten sich: verreisen oder Kinder kriegen, es wurde begutachtet nach dem Haben, nicht nach dem Sein...

Es war doch so, dass es auch arbeitende Menschen geben musste, die sich die Hände schmutzig machten und dafür gering bezahlt wurden, nicht nur jene, die sich jeden Morgen einen Schlips und ein frisch gebügeltes Hemd aus dem Schrank nahmen. Sonst würde diese Welt nicht funktionieren. –

Und dann schlug der Blitz ein. Mein Stiefvater, Ralfs Vater, erlitt einen Herzinfarkt und verstarb. Nichts war danach mehr so wie vorher. Unter dem Schock des Verlustes stehend, nahm Ralf unsere Mutter für mehrere Wochen zu seiner Frau und sich in die große Wohnung. Seit dieser Zeit entglitt auch sie mir sukzessive, nachdem ich meine zwei Väter auf verschiedene Weise verloren hatte.

Ich dachte danach oft an den Mann, der viele Jahre mein Vormund war und mich mit erzog. Ich erinnerte mich an die Spätsommerabende, an denen wir beide auf dem Balkon saßen und Mutter die Rouladen für den nächsten Tag vorbereitete. Er hatte den Atlas griffbereit auf dem Campingtisch liegen und wir lösten Kreuzworträtsel. Die Sonne warf ihre letzten Strahlen über die Blumen in den Kästen und ich beobachtete ihn unablässig, wie er mit gerunzelter Stirn über einer Frage brütete. In diesen Stunden schwiegen wir, und es waren die besten Stunden. Manchmal holte ich ihm eine Flasche Bier, und er sah mich dann merkwürdig an, wie einen Verbündeten. Ich litt lange an seinem Tod.

Die Monate vergingen. Ralfs Frau bekam Zwillingstöchter, ein Ereignis, das Mutter glücklich machte. Im Sommer fuhren sie mit ihr in Urlaub.

Dann endlich bekam ich einen befristeten Vertrag als Lackierer. Maske und Schutzanzug wurden zu meinen zweifelhaften Freunden. Andererseits entließ die Stadtverwaltung meine Schwester Petra aus dem Archiv aufgrund von Etatkürzungen, die groß in Mode waren. Allerdings trennte sie sich in dieser Zeit von dem Gerüstbauer und lernte einen neuen Mann kennen, was ihr Auftrieb gab. Und Pat fand eine Stelle als Reinigungskraft.

Meine Mutter, die ich gelegentlich in ihrem Zuhause antraf, war längst nicht mehr die Sklavin der Küche. Sie ging zum Rückentraining, besuchte Ralf, unternahm mit einer alten Freundin Tages- und Wochenreisen, weil die Verbindung wieder auflebte und Zeit im Übermaß vorhanden war, und traf sich regelmäßig zum Doppelkopfspiel.

Es gelang mir, einige Gedichte in einer regionalen Künstlerzeitschrift unterzubringen und als ich Mutter mit meinen ersten gedruckten Verewigungen konfrontierte, lächelte sieetwas müde. Kurzum, es riss sie nicht vom Hocker, für was ich jahrelang gekämpft hatte.

Zu allem Übel flog ich nach der Befristung aus der Lackbude. Kein Bedarf mehr an Personal.

Ralf hatte sich schon lange nicht mehr bei mir gemeldet. Ich hörte, dass er oft auf Dienstreisen war. Was ich so trieb, wusste er bestimmt von Mutter.

Doch das Schlimmste kam jetzt. Pat erkrankte an einem Hirntumor. Das war der Beginn unserer Einsamkeit. Im Krankenhaus wurde sie mit Bestrahlung behandelt. Pats Bruder Thilo besuchte sie gar nicht erst, da er eine Aversion gegen Kliniken hatte, sondern hörte sich von meiner Schwiegermutter halbherzig die Lageberichte an, die Pats Gesundheitszustand betrafen. In dieser Zeit schrieb ich meine Armee-Erinnerungen, um mich abzulenken und bot sie einem Verlag an, der sie auf Bestellung drucken ließ. Doch davon später mehr... -

Pat war stark und wurde geheilt. Ich holte sie am Entlassungstag ab. Wir schauten an der Fassade des weißen Gebäudes hoch und sahen im Gehen die Silhouetten derer, die zurückblieben. Froh, doch schweigsam fuhren wir nach Hause. Pat berührte die Blätter der Pflanzen, die ich in der Zwischenzeit allein versorgt hatte.

Wochen später gingen wir in ein Lokal; Pat mit ihrer Mutter, ihrem Bruder und mir. Er stellte keine Fragen bezüglich der Genesung, sondern verwies auf besondere Speisen, die er hier schon genossen hätte und offerierte uns, dass er jede Hauptstadt Europas mit seiner Anwesenheit beehren wolle.

Ich dachte mir schon, dass ihn das glücklich machen würde. Er könnte in Ruhe sterben, nachdem er Vaduz und Helsinki abgehakt hätte. Pats Mutter hingegen war von diesen Ideen begeistert. Das war mal ein Nachkomme! Erfahren, mit hehren Zielen, einem starken Willen und abstrakt im Denken.

Kurz darauf wurde ich erneut als Lackierer eingestellt, in einer Leihfirma, unterbezahlt und mit schlechtem Arbeitsklima. Nun, ich konnte meiner Freude kaum Ausdruck verleihen, erneut in Lohn und Brot zu stehen. Pat und ich lebten still dahin. Aufgrund ihrer Erkrankung war sie jetzt ohne Job und würde auf Dauer auch keinen bekommen. Petra begann im Gartenbau und Ralf stieg zu einem so genannten Gruppenleiter auf.

Der Kontakt zu meiner Verwandtschaft riss allmählich ab. Man gewöhnte sich offenbar an den Gedanken, dass es verschiedene Menschen gab, die Erfolgreichen und die, *die ihr Glück noch schmieden mussten.*

Das konstatierten wir, als man uns zu einem Geburtstag meiner Schwägerin einlud. Es waren viele Verwandte anwesend. Wir stellten fest, dass uns niemand wirklich wahrnahm. -

Noch im selben Monat ging die Leihfirma Pleite; es waren unsichere Zeiten. Auch wurde an allen Ecken gespart.

An den stillen Abenden, als ich zu Hause saß, beobachtete ich Pat, wie sie noch ein wenig in der Küche herumräumte. In ihren Gesichtszügen fiel mir Kummer auf und sie begann mir leid zu tun. Ich konnte meine Augen nicht von ihr lassen. Mit einem Kind hatte es nicht geklappt und finanziell standen wir immer in den Miesen. Ich starrte Pat an und ein furchtbarer Plan begann in mir zu reifen. Das hatte sie nicht verdient.

Wir hatten einen guten Bekannten, einen, der uns geblieben war, einen hochaufgeschossenen blonden Kerl; denn aufgrund unserer Lage wurden wir kaum noch mit Besuchen beehrt. Viele Jahre hielten wir mit ihm schon die Verbindung aufrecht, und in gewissen Abständen kamen wir zusammen. Mario kannten wir schon vor der Wende aus der Zeit der Discos und privaten Feten. Er schwärmte seit jeher für die Armee, war geradezu versessen auf alles, was mit Militär zu tun hatte, auf die Technik, auf sämtliche Kriegsfilme; selbst Bücher, in denen ein Soldat vorkam, musste er lesen wie weiland ‚Gilbert Wolzow'. Ansonsten beurteilte ich ihn als sachlich, besonnen und gütig. Vor allem zeichnete ihn eine endlose Geduld in vielen Dingen aus. Auch verklagte er jedes Amt und jede Behörde, von denen er annahm, sie würden ihn finanziell betrügen. Das war jedoch Prinzip, denn Geld hatte er genug. Als Mario's Großmutter starb, hatte sie ihm ihre ganze Bibliothek vermacht, darunter massenhaft Erstausgaben von den deutschen Klassikern, Silberschließenbibeln und mehr. Sie war in Künstlerkreisen groß geworden und mochte ihren Enkel. Deshalb überließ sie ihm diese Habe und stellte ihm frei was er damit anfinge. Die Antiquariate rissen sich darum, als er die Wälzer verkaufte und zahlten horrende Preise.

Doch das nur nebenbei. Ich wusste und spürte, dass Mario schon immer auch ein Auge auf Pat geworfen hatte. Trotz diesem Dilemma verhielt er sich immer fair. Auch seine Besuche galten meines Erachtens nach stets uns beiden, und längere Pausen unterstrichen dies.

Ab jetzt würde ich jedoch ein perfides Spiel beginnen. Mario war abgesichert, ich nicht. Er hatte sich vor Jahren von seiner Ex getrennt, die alle Vorzüge von ihm für ihre Zwecke ausnutzte. Deshalb war er nun Single. Er hielt sein Geld zusammen, war jedoch nicht geizig. Oft hatte er uns irgendwelche Dinge mitgebracht, die wir gebrauchen konnten. Er war gesund und trank nie einen über den Durst. Überdies war er als Schlosser in einer Firma fest eingestellt.

Es begann damit, dass ich Mario öfters einlud. Wir saßen zu dritt am Tisch und ich kramte alte Fotos hervor, wie um die vergangene Zeit heraufzubeschwören. Auch Pat musste lächeln, als sie sich wieder in noch jüngeren Jahren sah, unbeschwert und froh.

Ich war im Begriff, ein Verbrechen zu begehen, welches Pat zum Glück verhelfen sollte. Denn mit uns konnte es nicht so weiter gehen. Am Anfang rumorte ich häufig in der Küche oder in einem anderen Zimmer herum, später entfernte ich mich unter dem Vorwand, dass mir die Zigaretten ausgegangen wären, ganz aus der Wohnung, während Mario bei uns saß. Später trieb ich das Ganze auf die Spitze und schützte Staus, alte Bekannte, die ich wieder getroffen hätte oder meine Mutter vor, um die beiden an Abenden allein zu lassen, an denen ich Mario eingeladen hatte. Das alles tat mir sehr weh und ich stellte mir Horrorszenarien vor, in denen sich Pat ihm hingab. Dabei sollte es mein Wille sein.

Ich würde ihr niemals etwas bieten können. Nie einen Urlaub unter Palmen, noch nicht einmal irgendwo hier in unseren Regionen. Sie würde dahinvegetieren und sich immer wieder fragen: War das schon alles, was für mich vorgesehen war? Wir würden im trüben, durch nichts erhellten Alltag unseren kleinen Pflichten nachgehen ohne Aussicht auf Besserung.

Und ich begann, Pat schnippisch zu behandeln, damit sie Mario näher kam. Nachts konnte ich nicht schlafen, doch mich erfüllte eine ungeheure Leere. Was sollte ich nur tun?

Doch dann kam noch etwas dazwischen, das meinen Entschluss noch erhärtete. Das Arbeitsamt bot mir einen Job als Altenpfleger in einem Heim an. Ich wurde mit alten, mitunter sehr kranken Menschen konfrontiert, was mich noch mehr herunterzog. In dieser Zeit bekam ich erste Depressionen. Trotzdem behandelte ich die Patienten oder Heimbewohner, wie man sie auch nennen mochte, gütig und geduldig, denn ich ahnte, wie es ihnen gehen musste. Ich vergrub mich in die Arbeit wie ein Maulwurf. Es war schlimm, das alles zu erleben, aber ich erkannte darin einen gewissen Sinn. Denn schon nach Wochenfrist mochten mich die Insassen und sahen in mir einen Vertrauten, einen wertvollen Helfer in Notlagen, ja einen Kameraden, der ihnen in den öden Zeiten den Optimismus gab, den sie brauchten und der mir fehlte.

Sie verhielten sich wie Kinder, wurden bockig, insistierten, hatten merkwürdige Wünsche und waren oft böse und verbittert. Doch ich verstand sie. Sie schalten mich aus fadenscheinigen Gründen, warfen mit Gegenständen nach mir; dann wiederum verlangten sie inbrünstig nach Gernot, fingen an zu weinen und entschuldigten sich.

In den Kreisen der Pfleger nannte man mich den ‚Lächler', denn ich steckte leicht jede Beleidigung und Änderung der Situation weg. Ich wurde nie laut und nutzte schon gar nicht die Macht aus, die in den Händen eines Pflegers lag. Schließlich brachte das sogar manche Heimbewohner zur Besinnung.

Besonders ein älterer Herr, er war fünfundsechzig, vertraute mir sehr und erzählte mir oft wie einem Busenfreund aus Tagen von früher. Die alten Zeiten hatten mich schon immer fasziniert und ich hörte andächtig zu. Manchmal teilten wir uns heimlich eine Flasche Bier auf seinem Zimmer und er war vor Glück völlig aus dem Häuschen. Der Mann hieß Bregelein, war Witwer und hatte einen Sohn in meinem Alter, der ihn jedoch nur selten besuchen konnte, weil ihn eine Querschnittslähmung durch ein Unglück in der Kindheit an den Rollstuhl fesselte und er überdies ‚auswärts' arbeite, bei einem Verlag.

Während er mir die Dinge mitteilte, die ihn bewegten, forschte ich in seinem Gesicht nach Emotionen. Er griff sich oft ins schüttere Haar. Bejahrte sprechen mit Inbrunst; sie bilden sich ein, nicht mehr viel Zeit zu haben. Bregelein war herzkrank; offensichtlich beeilte er sich, mir alles Mögliche darzulegen. Und wenn ich ihn so ansah, fiel mir ein Zug in seinem Gesicht auf, der mir irgendwie bekannt vorkam; ich wusste ihn nicht zu deuten.

Der Umstand, im Heim zu arbeiten, entfernte mich nicht von meinem Ziel, sondern leistete allem noch Vorschub. Mario war in letzter Zeit nun doch öfters bei uns zu Gast und der Plan, den ich verfolgte, begann zu keimen. Ich zog mich mit Überstunden aus der Affäre, denn wenn ich bei den Senioren saß, stimmte das sogar. Und ich glaubte schon längst nicht mehr, dass Pat mit Mario locker plauderte. Sie mussten einen Draht zueinander gefunden haben, ansonsten hätte ich an Mario als Mann gezweifelt. Und meine Depressionen verschlimmerten sich.

Als ich eines Abends nach Hause kam, erröteten beide, als ich die Wohnstube betrat. In gewisser Hinsicht war kein Grund vorhanden, denn sie mussten den Schlüssel gehört haben. Sie waren wohl noch in der Phase, etwas Unrechtes zu begehen. Ich stellte mich dumm und gab mich unheimlich müde. Wir tranken alle noch einen Absacker und Mario brach auf. Ich konnte jedoch den Blick erhaschen, den Pat Mario beim Gehen zuwarf. Dieser Blick traf mich mitten ins Herz, denn vor Jahren hatte er mir gegolten, als wir noch keine Wohnung hatten und uns trennen mussten. Endlich erkannte ich, dass ich im Wege war. Ich konnte weg.

Am darauf folgenden Freitag eröffnete mir Herr Bregelein, dass ihn sein Sohn am Sonntag besuchen würde. Ich freute mich für ihn und versprach, an dem Tag wenigstens einmal vorbeizuschauen, denn er forderte es mir ab. Ich hatte natürlich sonntags keinen Dienst, doch war es mir erlaubt, mich dort aufzuhalten. Auch bei den Schwestern war ich bereits als merkwürdiger guter Geist bekannt, quasi als Patientenflüsterer. Sie konnten nicht begreifen, wie ich mit allem zurechtkam; sie meinten, eine Hornhaut auf der Seele mache es leichter.

Und dann machte ich mich auf den Weg in das Heim. Ich hatte noch nie als Besucher an einem Sonntag diese mir mittlerweile vertrauten Räume betreten. Alles wirkte plötzlich anders. Viele Leute waren schon wie immer in den Gängen und auf den Zimmern. Ich kam mir vor wie ein Fremder.

Als ich mich Bregeleins Tür näherte, sah ich plötzlich seinen Sohn. Er musste es sein, denn er saß im Rollstuhl. Er hatte dunkles Haar, war schlank und gut gekleidet. Ich freute mich, diesem Zusammentreffen ein paar Minuten beizuwohnen, damit er den Pfleger seines Vaters einmal kennen lernen konnte. Bregeleins Sohn klopfte an und noch bevor das ‚Ja' ertönte, warf er mir einen Blick zu, einen aufmerksamen durchdringenden Blick, der nur eine Sekunde andauerte. In diesem Moment entschied ich alles. Er sah seinem Vater wirklich ähnlich. Ich ging an der Tür von Bregelein vorüber; ich hatte begriffen. Es gab kein Zurück mehr. Jetzt musste ich fort. So oder so. Der Zeitpunkt war gekommen. Fast dreißig Jahre…"

Ich starrte lange auf diesen letzten Satz des Manuskripts von Ebeling und schob dann die Seiten zusammen. „Fast dreißig Jahre was?" fragte Liane.

„Tut mir leid, der Text endet hier", sagte ich.

„Schade. Mich hätte interessiert, wie das weitergeht."

„Also, mich auch." Ich überlegte. „Aber da kann man nichts machen."

„Dieser Ebeling hat doch sicher noch mehr hinterlassen", meinte Liane. „Habt ihr nicht was eingelagert?"

„Ja, haben wir. Worauf willst du hinaus?"

„Vielleicht finden sich Anhaltspunkte, wo er hin sein könnte."

„Liane", sagte ich, „wieso willst du das wissen? Was geht uns dieser Mann an? Er ist ein armer Hund. Na ja, davon gibt's viele."

„Aber wir haben nun mal sein Manuskript gelesen. Womöglich vermisst er es."

„Willst du's ihm hinterher schaffen?"

Liane sah mich an. „Warum nicht?"

„Meinst du das ernst?"

„Aber ja. Das würde uns mal aus dem Alltag reißen."

Ich schüttelte den Kopf. „Wir werden nie erfahren, wo sich dieser wildfremde Mensch aufhält. Du kennst nicht einmal sein Gesicht."

„Wir versuchen es rauszukriegen. Hol die anderen Privatsachen."

„Dir ist klar, dass ich das nicht darf."

Liane sah mich an. „Die Gegenstände verstauben da. Keinen Menschen juckt das. Es ist verrückt, aber wir wissen schon so viel von ihm. Du hast in drei Tagen Jahresurlaub. Da hätten wir Zeit."

Am letzten Tag vor meinem Urlaub kramte ich im Lager der Firma in den Fässern herum, in denen ich die Habseligkeiten Ebelings verstaut hatte. Ich stieß lediglich auf ein paar Fotos in einem kleinen Karton. Offensichtlich hatte er sie vergessen, als er verschwand.

Zu Hause werteten wir das Material aus. „Ich frage mich, was dieser letzte Satz zu bedeuten hatte", sagte Liane. „Fast dreißig Jahre…"

„Das war so vierundsiebzig, wenn er die Vergangenheit meint. Da muss er noch ein Kind gewesen sein… Er schrieb, er müsse fort. Aber wohin?" fragte ich.

„Fakt ist, dass er aufgrund des Geldmangels seine Lebensgefährtin verkuppelt hat. Dann die Sache mit diesem Bregelein. Und er ging plötzlich weg. Wenn wir nun Bregelein senior befragen?" meinte Liane.

„Dem hat er es bestimmt nicht gesagt."

„Und seinen Sohn?"

„Ich würde das nicht tun. Wir mischen uns da in Dinge ein..."

„Dass er so viele Aufnahmen zurückgelassen hat, wundert mich", unterbrach mich Liane. „Hier, das muss er sein. Da steht: *Mit meiner Schwester Petra.* Jetzt wissen wir, wie er aussieht."

„Groß, dunkles Haar, schlank, ernste Miene. Man hat wirklich den Eindruck, dass er depressiv ist."

„Nicht jeder lächelt, wenn er in die Kamera blickt", sagte Liane. „Das Bild behalten wir mal." Sie kramte weiter. „Hier, ein Armeefoto."

„Und hier", sagte ich, „vermutlich in jungen Jahren, auf einem Motorrad."

„Das", zeigte Liane, „in Lederhosen, offenbar mit seiner Mutter."

„Die Zeit läuft rückwärts", sagte ich. „Das ist furchtbar."

„Aber hier, sieh mal", sagte Liane und zeigte mir ein Bild. „Was siehst du?"

„Eine blonde Frau", sagte ich.

„Die hat vielleicht Ebeling geknipst. Das ist vermutlich an der Ostsee. Da sind Strandkörbe im Hintergrund." Ich nahm das Foto. „Da steht auch was auf der Rückseite."

„Kann man ja fast nicht erkennen, diese winzige Schrift. *Dierendorf 1988 – Sehnsucht ist besser als Erfüllung – Hans Fallada'* ."

„Hat er nicht so eine blonde Frau von der Ostsee im Text erwähnt?" fragte ich.

„Ja, das hat er." Mich durchzuckte ein Gedanke. „Wo würdest du hinfahren, wenn du alle Brücken hinter dir abreißt, Liane?"

„Zu meiner besten Freundin, die den Mund halten kann."

„Oder?"

„Ich weiß nicht. Wen könnte es sonst geben?" Sie sah mich an.

„Für einen Mann! Er reist einem Phantom nach. Einer Hoffnung, mitten ins Blaue hinein. Und sehr weit weg."

„Du meinst…"

„Ich bin überzeugt, er ist da hoch. Und an die Ostsee wollten wir auch mal wieder."

Wir kamen zwei Tage später gegen sechzehn Uhr in Dierendorf an, einem kleinen Fleckchen, das jedoch vom Touristenverkehr lebte, aufgrund dessen rege Betriebsamkeit entfaltete und langsam wuchs. Liane und ich hatten keinen Plan und kein Quartier. Sie fand das faszinierend, und sie erinnerte mich an die Zeiten, in denen wir noch irgendwo wild gezeltet hatten.

Der Ort lag vielleicht zwei Kilometer vom Strand entfernt und man konnte den salzigen Geruch und die klare Luft spüren. Das Wetter war gut. Malerische Häuschen mit den gewohnten Reetdächern säumten die schmalen Straßen. Am Parkplatz vorm Strand empfingen uns die üblichen Souvenirstände. Muscheln, Ansichtskarten, Seesterne und Wasserbälle wurden angeboten. Wir betraten mit der Badetasche den hier noch gepflasterten Weg, der zum Wasser führte und schließlich in Sand überging, zogen die Schuhe aus und strebten dem Meer entgegen.

Und dann gaben die Dünen den Blick auf die scheinbar unendliche See frei, die sich bis zum Horizont erstreckte. Vom Ufer her erschallte Gelächter. Ich nahm Liane in den Arm. Etwas weiter unten warfen wir uns in den Sand, zogen uns um und stürzten in die Fluten; der Lohn eines Jahres der Arbeit.

Der Abend brach an. Das Gasthaus „Pidder Lüng", eine Pension, thronte an einem Kiefernwäldchen mit Blick auf die See. Es war ein prächtiges Gebäude mit dem typischen Dach, in das mehrere Ochsenaugen eingelassen waren. Vor der Tür mit Intarsien verzierter hölzerner Umrahmung befand sich ein kleiner Parkplatz, den ein halb hoher Zaun begrenzte. Zu beiden Seiten zogen sich die Dünen dahin.

Das Lokal war fast leer; in einer Ecke saßen zwei ältere Männer und genossen ihr Bier.

Der Wirt, der hinter dem Tresen gekramt hatte, kam jetzt auf uns zu und begrüßte uns, ein Mann um die Sechzig mit angegrautem Haar, groben Händen und gütigem Blick. Nach der Essensbestellung erkundigten wir uns sofort nach einer Übernachtungsmöglichkeit. Der Wirt meinte, wir hätten Glück;

heute morgen sei ein Gast abgereist. Wir mieteten das Zimmer und bekamen unser Essen. Im Hintergrund des Raums sahen wir nun auch eine ältere Dame mit einem gebundenen Zopf und kräftigen Armen, offensichtlich die Frau des Wirts, die den Männern in der Ecke neue Getränke vorsetzte.

Nachdem ich ein Bier getrunken hatte, fasste ich etwas Mut und winkte dem Wirt. „Vielleicht können Sie uns helfen, wir suchen hier im Ort einen Mann, er heißt Gernot Ebeling."

Der Wirt setzte sich zu uns. „Haben Sie da einen besonderen Grund?" Hinter dem Tresen sah ich seine Frau beim Abwaschen innehalten. Sie hatte es gehört.

„Ja, ich möchte ihm etwas bringen. Er hat es vergessen, dort, wo er früher wohnte. Ich habe seine Bleibe beräumt. Kennen Sie ihn?"

„Wie heißen Sie?"

„Mein Name ist Konrad Wallinger. Aber Herr Ebeling kennt mich nicht. Ich würde mich freuen, mit ihm zu sprechen."

Der Wirt wiegte den Kopf. „Nun ja, warum eigentlich nicht. Gernot ist mein Schwiegersohn. Ich werde ihn informieren. Heute sind sie schon zu Hause "

Auf dem Zimmer meinte Liane: „Sie sind schon zu Hause. Das klingt nach Partnerschaft."

„Denkst du, was ich denke?"

„Es wäre zu verrückt."

Am nächsten Tag gegen zehn, nach dem Frühstück, wartete ich unten am Strand, unweit des Gasthauses, mit dem Manuskript. Liane war oben geblieben. Ich hatte dem Wirt gesagt, dass ich mir etwas die Beine vertreten und frische Meeresluft schnappen wollte. Er würde Ebeling zu mir schicken.

Dann sah ich ihn herunter kommen. Immer noch sehr schlank, wie auf dem Foto, auch das dunkle Haar war geblieben. Ebeling wirkte ein wenig unsicher beim Gehen, es mochte auch am Sand liegen. Allerdings trug er jetzt eine Brille, die ihm eine gewisse Vergeistigung verlieh.

Ich stand ihm zum ersten Mal gegenüber, und mir wurde bewusst, dass ich mich in das Leben eines Menschen einmischte. Hatte ich das Recht dazu? „Wallinger, Konrad", stellte ich mich vor.

„Ebeling, Gernot. Aber meinen Namen kennen Sie ja schon", sagte er mit einem nervösen Augenzwinkern. Mir schien auch, dass er die Papiere in meiner Rechten wahrnahm.

„Ja, das ist richtig. Ich habe mich gestern mit meiner Frau bei – Ihrem Schwiegervater eingemietet. Wir wollen hier Urlaub machen."

Er fingerte nach seinen Zigaretten und bot mir eine an. „Was wollen Sie, Her Wallinger?"

„Es ist nichts weiter. Aber das Leben birgt Zufälle. Ich habe diesen Urlaub damit verbunden, Ihnen etwas mitzubringen."

Ebeling nahm die Brille ab. „Was denn?"

„In Ihrer ehemaligen Heimstatt, denn ich stamme auch von da, fand ich ein Manuskript. Ich beräume unter anderem Wohnungen, deren Mieter unbekannt verzogen sind. Das ist nun mal mein Job. Dabei fielen mir diese Zettel in die Hände. Tut mir leid, ich hab's gelesen, aber es hat mir gefallen. Ich wollte es Ihnen wieder bringen." Ich reichte es ihm. Ebeling nahm die Papiere, setzte die Brille auf und blätterte mit einem bitteren Lächeln darin. „Die Kopien... Es hat Ihnen gefallen?"

„Aber ja. Geschichten, die das Leben schreibt, sind die besten. Sie wollten das doch sicherlich einmal veröffentlichen?"

Er sah mich düster an. „Ich weiß nicht", sagte er. „Aber ich danke Ihnen. Das sollte ja nicht jeder lesen."

„Na ja, wer Spuren hinterlässt...", sagte ich linkisch. „Mich würde auch interessieren, wie die Fortsetzung ist, falls es eine gibt, obwohl wir uns kaum kennen. Sie haben mir einen Teil ihres Lebens erzählt. Bedenken Sie, dass es vielleicht einmal viele Menschen lesen werden."

„Es gibt tatsächlich eine Fortsetzung", sagte er ernst. „Ob Sie sie lesen werden, muss ich mir noch überlegen. Ich muss Sie erst kennen lernen. Und ich weiß nicht, ob der Zeitraum eines Urlaubs dafür ausreicht."

Wir gingen langsam den Strand empor. „Sie arbeiten auch im Lokal?" fragte ich vorsichtig.

„Ja, wir bewirtschaften es gemeinsam, meine Schwiegereltern und ich mit meiner Frau. Ich bin in der Küche und helfe beim Kochen."

„Sie sind verheiratet?"

„Lebensgemeinschaft", sagte Ebeling lapidar. „So lange bin ich noch nicht hier. Und jetzt muss ich helfen, das Mittagessen vorzubereiten." Er beschleunigte seinen Schritt.

Mich hatte eine dumpfe Ahnung beschlichen, und als wir oben am Gasthaus ankamen, wurde sie zur Gewissheit. Eine Frau stand an der Tür, in einer weißen Schürze. Der Wind, der wie immer vom Meer herüber wehte, zerzauste ihr blondes langes Haar. Wir kamen näher, und ich erkannte sie wieder; es war die Frau auf dem Foto, bei den Strandkörben. Sie schien um die Vierzig, feine kaum wahrnehmbare Fältchen hatten sich in ihr wettergegerbtes Gesicht gegraben. Der dunkle Teint stand in schönem Kontrast zu ihrem Haar. Ihr Blick besaß einen traurigen, aber liebevollen Ausdruck. Ebeling umarmte sie, und wir betraten das Lokal. Offenbar hatte er sich seinen Traum verwirklicht.

Drinnen empfing uns Liane. Sie hatte bereits mit der Frau gesprochen, die Situation etwas entkrampft und die Sache mit dem Manuskript und unserem Besuch ins Bemerkenswerte, ins Zufällige und rein Menschliche verschoben. Sichtlich aufgelockert kamen auch die Wirtsleute auf uns zu. „Darf ich vorstellen: Agnetha Lindström", sagte Liane. Ich reichte der blonden Frau die Hand. „Konrad Wallinger. Sehr erfreut. Sie wissen schon...?"

„Ja, und wir danken Ihnen für das Manuskript." Agnethas Stimme war leise und angenehm. „Das sind meine Eltern", sie wies zur Seite, „Björn und Renate. - Aber nehmen Sie Platz. Möchten Sie etwas trinken?" Wir bestellten noch einen Kaffee. Ebeling verschwand in der Küche; wieder wirkte er etwas nervös.

Agnetha brachte die Tassen und setzte sich kurz zu uns. „Das war nett von Ihnen, seine Schriften hier hoch zu bringen."

„Die Wohnung musste beräumt werden, wir stießen auf die Papiere, kurzum, es eröffnete sich die Chance, jemandem zu helfen und neue Menschen kennen zu lernen." Sie nickte nachdenklich.

„Sie haben offenbar schwedische Vorfahren", stellte Liane zusammenhanglos fest.

„Ja, väterlicherseits, aber das ist lange her."

„Haben Sie auch den Anfang seiner so genannten Memoiren gelesen?" fragte ich, nun wieder mein Ansinnen verfolgend.

„Ja", sagte Agnetha nur, lächelte und erhob sich. „Ich muss aber jetzt in die Küche."

„Wo ist der Kleine?" fragte plötzlich Björn.

„Bei Tante Sophie."

Wir ließen Ebeling in Ruhe, unterhielten uns mit ihm und Agnetha nur über alltägliche Dinge und machten Späße. Ich stromerte tagsüber mit Liane durch den Ort. Die See lockte zum Baden; das Essen im „Pidder Lüng" war schmackhaft und wir lobten die Wirtsleute.

Am dritten Tag nach der Ankunft gab mir Ebeling die Fortsetzung mit ernster, stoischer Miene. „Ich händige sie nur aus, weil Sie mir die alten Kopien gebracht haben. Im Prinzip geht das niemanden etwas an." Ich nahm sie ebenso ehrfürchtig entgegen. Abends in unserem Domizil im ersten Stock der Pension las ich Liane weiter aus den Erinnerungen Ebelings vor.

„Das Weitere, das sich ereignete, habe ich erst hier geschrieben. Hier am Meer.

Ich beeilte mich an diesem bewussten Tag im Heim, nach Hause zu kommen. Pat hatte mir am Morgen mitgeteilt, zu einer Freundin zu fahren und erst spät wieder einzutreffen. Ich dachte mir anderes. Ich setzte mich hin und schrieb einen Brief an sie. Den Inhalt möchte ich nicht wiedergeben, das wäre zu privat, aber es waren klare Informationen meinerseits, die ausreichten, rein Schiff zu machen und Pat gegenüber ihrer Mutter nicht zu kompromittieren. Im Prinzip hatte ich die Dinge so gewollt, sogar forciert. Meine Mutter würde ich irgendwann unterrichten.

In meiner Not rief ich René an, einen alten Freund, der mir noch geblieben war. Wir kannten uns aus der Lackfabrik. Ich wusste, dass er allein wohnte, aber im Begriff war, zu seiner Freundin zu ziehen, denn sie wollten nun doch einen gemeinsamen Haushalt. Ich hatte unverschämtes Glück. In der letzten Woche hätte er die Wohnung gekündigt und die Bude sei fast leer geräumt. Ob ich nicht vorübergehend dort hausen könne. Kein Problem, teilte René mit, er würde mir sogar einige kleinere Sachen zurücklassen; sie passten nicht in sein neues Domizil. Er hätte sie ohnehin weggeworfen. Diese Mitteilung bescherte mir ein bitteres Lächeln, kam mir aber gelegen. Einen alten Schreibtisch samt noch älterem Rechner, eine Kaffeemaschine, einen kleinen Kühlschrank; ich war glücklich.

René war noch in der ehemaligen Wohnung, als ich mit einer großen Reisetasche eintraf. Wir tranken ein Bier. Er sah mich mitleidig an und fragte nicht groß nach. „Weiber", sagte er nur und ließ mich mit einem Klaps auf die Schulter zurück.

In den nächsten Tagen richtete ich mich notdürftig ein. Ich hatte nicht die Absicht, lange zu bleiben. Trotz allem wurde es recht wohnlich. Ich hatte den Inhalt meiner Reisetasche ausgepackt, nur wenige Utensilien, die literarischen Aufzeichnungen, ein paar Bücher, etwas Wäsche.

Ich rief das Altenheim an und kündigte meinen Job als Pfleger. Die Chefin war konsterniert, doch ihr Schreck schlug augenblicklich in sachlichen Zorn um. Das Arbeitsamt meldete sich umgehend mit einer dreimonatigen Sperre der Bezüge. Die Miete für das wilde Wohnen bei René überwies ich noch für einen Monat an die Grundstücksgesellschaft. Meine neue Adresse dem Einwohnermeldeamt mitzuteilen, hielt ich vorerst für überflüssig.

Ich rief meine Mutter an und eröffnete ihr vorsichtig, dass ich mich vorübergehend von Pat getrennt hätte. Doch ihre erste Reaktion war Erleichterung, was mich enttäuschte.

Die EC-Karte trug ich natürlich noch bei mir und hob den letzten Lohn, den ich erarbeitet hatte, von meinem Konto ab.

So verstrichen einige Tage, und ich grübelte, wohin ich letztlich gehen könnte. Es müsste sehr weit weg sein, damit mich niemand so schnell finden würde. Ein neues Leben beginnen, das wäre es doch, dachte ich oft nach dem zweiten Bier am Abend. Außerdem müsste ich schnellstens einen Job ergreifen, egal wo, und mir wurde schmerzlich bewusst, dass ich mich völlig entwurzelt fühlte. In meiner Einsamkeit dachte ich beständig über Pat nach; mich schmerzte der Gedanke, dass sie mit Mario...

Doch vergaß ich nicht, warum ich meine Zelte hier abbrechen musste. Und meine Gedanken irrten andauernd in die Vergangenheit ab. Ich saß stundenlang in der Wohnung, schweigend, starrend auf einen imaginären Punkt und begann, mein bisheriges Leben zu beschreiben.

Die Gedanken flossen mir schnell aus der Feder. Manchmal überflog ich den Text und korrigierte Fehler, eine Manie, die dem Ernst meiner Lage kaum angemessen schien. Als ich eines Abends an die Stelle gelangte, bei der ich über den Urlaub an der Ostsee berichtet hatte, hielt ich inne. Kurze Augenblicke des Daseins können oft einen einschneidenden Eindruck hinterlassen. Ich fing an, langsam meine Sachen zu packen, schon wieder. Mir schwebte ein vages Ziel vor.

Tags darauf sah ich auf der Bank meine Kontoauszüge durch und stellte fest, dass mir meine Mutter einen hohen Betrag überwiesen hatte. Ich staunte nicht schlecht. Auf einmal ging das also. Sie hatte immer behauptet, nicht allzu viel zu besitzen. Doch mit ihrer Rente und der Witwenzuwendung würde sie wohl kaum Sorgen haben. Ja, und ich hatte meinen Lohn für Pat und mich verwenden müssen. Es war nicht ihre Pflicht, uns zu unterstützen, aber die Möglichkeit hätte bestanden. Ich wollte mich dennoch bei ihr persönlich bedanken, doch sie weilte mit einer Freundin am schönen Rhein.

Ich kaufte noch etwas Kleidung, einen Koffer und räumte meine Sachen in die Gepäckstücke. Spätabends verließ ich die Wohnung, nachdem ich alles noch einmal kontrolliert hatte Den Zweitschlüssel gab ich bei René ab und versicherte ihm, dass ich das mit der Gesellschaft klären würde. Dann fuhr ich zum Bahnhof."

„So wurde dann schließlich die Wohnung beräumt", sagte Liane. „Und du bist auf diese Kopie gestoßen."

„Und nun sind wir hier", sagte ich.

„Lies noch weiter", bat sie. „Dieses unstete Leben..."

„Für die Zugfahrt hatte ich mir eine Unmenge Kaffee bereitet, um wach zu bleiben. Es war Nacht, und nur die Lichter in den Häusern, die ich durch das Fenster sah, verrieten mir, dass ich mich bewegte, einer ungewissen Zukunft entgegen.

Zerschlagen und ermattet kam ich am Morgen an, stieg noch in den Bus um und landete endlich in Dierendorf. Mit meinem Gepäck schwankte ich zum Strand, um mir jetzt noch die See anzusehen. Das musste sein. Um diese Zeit war alles noch friedlich. Möwen schwirrten schreiend über dem Wasser. Am Ufer schäumten kleine Wellen. Das unendliche Meer...

Ich erkannte die Stelle wieder. Linker Hand befand sich immer noch der Strandkorbverleih. An einem Holzpfahl hing ein Zettel mit der Empfehlung, die Pension „Pidder Lüng" aufzusuchen. Ich schleppte mich am Dünenpfad entlang, kam schließlich an dem Lokal an, checkte ein, hatte Glück mit einem freien Zimmer und fiel in einen bleiernen Schlaf.

Erst am nächsten Nachmittag duschte ich, rasierte mich und stieg die Treppe zur Gaststube hinab. Ich bestellte Kaffee und Toast. Nach dem Frühstück steckte ich mir eine Zigarette an und ordnete allmählich meine Gedanken, um die Situation zu überblicken. Im Lokal herrschte Ruhe. An manchen Tischen saßen noch andere Pensionsbewohner, in Ecken zurückgezogen, um für sich zu bleiben.

Der Wirt, Mitte Sechzig, mit angegrautem Haar, setzte sich plötzlich zu mir. ‚Sie haben einen Tag lang durchgeschlafen. Wir hatten uns schon Sorgen gemacht. Die Fahrt in der Nacht ist immer eine Tortur, Herr Ebeling.'

‚Ja, das stimmt. Es hat mich direkt an meine Armeezeit erinnert. Bahnhöfe, Lautsprecher und Züge hasse ich seit damals, aber diesmal musste es sein. Sie können mich Gernot nennen, Herr...'

‚Lindström, Björn.' Er gab mir die Hand. ‚Machen Sie hier Urlaub, Gernot?'

‚N-nein. Ich hege eher die Absicht, mich hier niederzulassen. Dazu muss ich mich auf Wohnungssuche begeben und überdies eine Tätigkeit aufnehmen."

‚Das sind große Pläne. Darf man den Grund erfahren?' fragte Lindström vorsichtig.

‚Aber ja, warum nicht? Ich habe nur meine Arbeit da wo ich herkomme aufgegeben, eine Beziehung beendet und möchte ganz neu anfangen. Dazu gehört ein Wechsel der Landschaft. Hier oben an der See hat es mir gefallen. Ich war früher schon hier.'

,Wann war das?'

,Ende der Achtziger. Damals konnte ich mir das noch leisten. Jetzt habe ich das letzte Geld zusammengekratzt. Ich will hier Fuß fassen.'

Lindström wiegte den Kopf. ,Klare Ansichten. Was haben Sie denn gelernt, Gernot?'

,Ausgebildet zum Drucker, habe ich dennoch später alles Mögliche gemacht. In einer Härterei, als Lackierer, im Altenheim, was sich anbot. Auch schreibe ich ein wenig.'

,Schreiben?' Lindström verstand nicht.

,Gedichte und Kurzgeschichten.'

,Schon mal was veröffentlicht?'

,Das ist schwer, nahezu unmöglich. Aber es gibt die Möglichkeit, das zumindest drucken zu lassen.'

Lindström nickte nachdenklich. ,Nicht schlecht.' Dann sah er mich an. ,Haben Sie schon mal in einer Küche gearbeitet?'

,Nein, aber das würde ich tun.'

,Hören Sie, Gernot, ich versuch's mal mit Ihnen, bei mir, bei Pidder Lüng, zur Probe. Meine Frau ist da der Chef. Wir suchen dringend einen Helfer. Wenn Sie sich gut anstellen... Und mit einer Bude wird es todsicher auch klappen. Nur mit Komfort dürfen Sie nicht rechnen. Meine Schwester Sophie könnte da helfen. Sie hat in ihrem Haus eine bewohnbare Kammer. Und Sie könnten schon morgen beginnen'

Meine ganzen Probleme schienen mit einem Schlag gelöst. Ich konnte es kaum glauben. Hier war alles so leicht, so unkompliziert. Und doch vergaß ich nicht das für mich Bedeutsamste. Es geisterte durch mein Hirn, und ich ahnte nicht, dass dieses Glück so nahe vor mir lag.

Am nächsten Tag wagte ich einen ersten Vorstoß. In der Küche unter Aufsicht Frau Lindströms, denn ich hatte bereits meine ersten Amtshandlungen absolviert. Sie war eine Frau mit kräftigen Armen, die ihr Haar zu einem Zopf gebunden hatte, wirkte streng, aber gerecht und war gütig wie ihr Mann. ‚Renate', sagte ich, ‚als ich vor ungefähr fünfzehn Jahren hier an der See im Urlaub war, lieh eine Frau oben am Zugang zum Strand Körbe aus. Kennen Sie die? Macht sie das immer noch?' Frau Lindström hackte Zwiebeln und sah mich plötzlich an. ‚Vor fünfzehn Jahren? Gott, warum wollen Sie das wissen?'

‚Ganz schlicht, diese Frau hat mich beeindruckt', sagte ich und lächelte. Frau Lindström schien zu überlegen, dann nahm sie ihre Arbeit wieder auf. ‚Sie macht das nicht mehr', sagte sie.

‚Sie kannten sie?' entfuhr es mir.

‚Ich kenne sie noch immer. Was hat Sie denn so ergriffen, Gernot?'

‚Ich weiß nicht, wie soll ich es ausdrücken? Sie kam mir vor wie eine Göttin; es ging ein Zauber von ihr aus.'

‚Daran können Sie sich noch erinnern?' Sie schüttelte den Kopf und wandte sich erneut der Arbeit zu. –

Einen Tag danach begriff ich erst. Ich war im Gastraum damit beschäftigt, meine Schürze anzulegen und trank mit Renate noch einen Kaffee, als sich die Lokaltür öffnete und eine Frau um die Vierzig eintrat. Sie trug schulterlanges blondes Haar und war mit einer weißen Bluse und Jeans bekleidet. Ich sah hin, und unsere Blicke trafen sich für einen kurzen Moment.

‚Darf ich vorstellen?' meldete sich Renate. ‚Meine Tochter Agnetha. Sie hatte früher mal die Gewalt über die Strandkörbe. Agnetha, das ist Gernot, Herr Ebeling. Ich habe ihm eine Stelle als Küchenhelfer angeboten. Er möchte hier ein neues Leben beginnen und macht sich ganz gut.'

Ich gab Agnetha zögernd die Hard. Sie lächelte. ‚Dem Kleinen geht's besser. Ich bin wieder da', erklärte sie, mehr zu ihrer Mutter gewandt. ‚Willkommen, Gernot.'

‚Hallo', sagte ich nur und konnte meine Augen nicht von ihr wenden. Fünfzehn Jahre hinterlassen ihre Spuren. Doch ich hatte sie sofort erkannt. Sie war reifer, erhabener, nachdenklicher als damals. Aber genauso schön, vielleicht noch schöner, aber eben nicht mehr jung.

‚Stell dir vor, Agnetha', sagte Renate, ‚Herr Ebeling, also Gernot, kann sich noch an dich erinnern, als du vor fünfzehn Jahren oben am Strand gestanden hast.'

‚Frau Lindström', mahnte ich.

‚Was haben Sie denn, Gernot?'

‚Ach was', sagte Agnetha, sah mich an und wieder überflog ein Lächeln ihr Gesicht. –

In der Folge wurde ich ein nahezu guter Helfer der Lindströms, konnte bei allen möglichen Dingen zur Stelle sein und wurde so zum Faktotum. Ich zog in die Kammer von Lindströms Schwester Sophie, einer gütigen, wachsamen Dame, die ihre Brille ständig etwas unterhalb der Nasenwurzel trug, und richtete mich dort auf Dauer ein.

Bereits in der ersten Woche meldete ich mich polizeilich um, informierte das Arbeitsamt in der Kreisstadt über meinen Zuzug und den Job und überwies nach einem längeren Briefwechsel mit der Grundstücksgesellschaft die Miete für zwei weitere Monate und die Kosten für die Beräumung meiner ehemaligen Wohnung. Ich rief meine Mutter an und teilte mit, dass ich mich bei Freunden an der See befände, einen neuen Job hätte und dass alles gut sei. Auch René unterrichtete ich von meinem Neubeginn.

Schnell wurde ich von Lindströms integriert; ich blieb bescheiden, ernsthaft und fleißig. Sie begannen mich zu achten. Agnetha, die nun ständig in meiner Nähe war, ein Zufall, den ich den Göttern zuschrieb, respektierte ich und verhielt mich ruhig und aufmerksam. Natürlich wusste ich mittlerweile, dass sie einen Sohn namens Toni hatte. Auch mit ihm kam ich häufig in Kontakt, er gehörte schließlich zur Familie; ein zehnjähriger, dunkelhaariger Junge. Im Übrigen schien ihn mein introvertiertes Gehabe zu faszinieren.

Oft lag ich schlaflos in der Kammer und überlegte, wie ich am Besten um Agnetha werben könnte. Es wurde Zeit. Offenbar hatte sie im Moment keinen Verehrer, was mich ohne Bedauern verwunderte. Ich blies zum Angriff, denn nach zwei Wochen hielt ich es nicht mehr aus, zu bekunden, was ich begehrte.

Doch Agnetha kam mir zuvor. Am nächsten Abend, es war schon sehr spät, räumten wir beide das Lokal auf. Ihre Eltern hatten sich schon verabschiedet. Ich litt unter einer eigenartigen Anspannung, und mir wurde bewusst, dass es mit Vierzig nicht mehr so einfach schien, einer Frau seine Zuneigung zu bekunden, ohne Fehler zu begehen. Doch sie war klüger, als ich dachte und schien meine Nervosität zu bemerken.

‚Trinken wir noch einen Absacker, Gernot, bevor wir zusperren?' fragte sie mich.

‚Aber gern', beeilte ich mich zu sagen. ‚Setzen wir uns, Agnetha.'
Ich hüstelte. Sie brachte zwei Gläser mit Weißwein. Wir stießen
an. ‚Meine Eltern sind nun schon weg', sagte sie. ‚Wir schmeißen
den Laden praktisch.'

‚Sieht ganz so aus.'

‚Warum bist denn du immer so still, Gernot?' fragte mich
Agnetha. ‚Was nagt in dir?' Sie sah mich an.

‚Ich weiß auch nicht', sagte ich. ‚Das hängt ein bisschen mit
meiner Vergangenheit zusammen. Aber darüber möchte ich nicht
reden. Ich habe hier ein neues Leben angefangen.'

‚Und warum gerade hier?' fragte Agnetha, erhob sich plötzlich
und stand nun an der Stirnseite des Tisches. Ich sah an ihr hoch;
dabei streifte mein Blick ihre zierliche Figur und das blonde Haar,
das jetzt am Abend nach getaner Arbeit ein wenig strähnig fiel.
Ich ergriff ihre Hand. ‚Im Grunde wegen dir, Agnetha', sagte ich.
Sie wurde ernst und setzte sich auf meinen Schoß. ‚Fünfzehn
Jahre später', sagte sie.

‚Ja, ich habe dich nicht vergessen können.' Ich umfasste ihre
Schultern und zog sie heran. Dann küssten wir uns lange.

Danach ging alles sehr schnell. Ich war aus meiner Lethargie
erwacht. Ich nahm erneut ihre Hand und riss Agnetha mit mir
zum Ausgang. Wir stürmten hinaus und brachen in die Dünen
ein, stolperten den Hang empor und rangen uns auf der Kuppe
gegenseitig nieder. Ein halber Mond beleuchtete die Szenerie.
Schwer atmend lagen wir in den Binsen, die uns schützend
umgaben. Agnetha entledigte sich ihrer Bluse und ich zerfetzte
mein Hemd wie ein Berserker. Schließlich lagen wir völlig nackt
in den Dünen und fielen wie hungrige Wölfe übereinander her,
wälzten uns unter freiem Himmel im weichen Sand. Es wurde ein

Akt der Wollust, ohne Vorspiel, ohne Zärtlichkeiten, eine einvernehmliche Vereinigung der fleischlichen Wünsche.

Ich begann zu schluchzen, nachdem ich kam. Ich streichelte Agnetha und sah in den sternklaren Himmel. Sie stöhnte leise.

Wir gingen ans Meer und sahen den Wellen zu. ‚Toni mag dich', sagte Agnetha. ‚Und ich fange an, dich zu lieben. Versuchen wir's.' –

Nun habe ich hier am Meer innere Ruhe gefunden, an der Seite einer fantastischen Frau. Wir sind ein wenig vom Leben gezeichnet; das verbindet uns außer der Liebe, die wir uns entgegenbringen. Ich bin hier glücklich, atme frische Luft und genieße das Geräusch der Wellen, die der immerwährende Wind ans Ufer branden lässt."

„Genug für heute", sagte Liane. „Ein schöneres Kapitel-Ende gäbe es nicht." –

Am nächsten Tag blieb das Lokal für Gäste geschlossen. Liane fuhr mit Agnetha in die Kreisstadt; die beiden hatten sich auf Anhieb gut verstanden und duzten sich bereits. Offenbar schien die Chemie zu stimmen Nur Ebeling tat sich schwer, Vertrauen zu mir zu fassen. Irgendetwas schien tatsächlich an ihm zu nagen. Am Vormittag konnte ich ihn zum Baden überreden. Nach dem Mittagessen zeigte er mir den örtlichen Friedhof, was mir ein wenig morbid vorkam. Und abends trank ich mit ihm ein Bier, wonach wir uns endlich ebenfalls duzten.

Ich wollte ständig über das interessante Manuskript sprechen, doch lenkte Ebeling ab. Auf die erneute Frage, ob er das Material einmal veröffentlichen wolle, zuckte er nur mit den Schultern. Was es mit diesem Bregelein auf sich hätte, wollte ich noch wissen. Ebeling erstarrte und sah mich merkwürdig an.

Doch plötzlich trafen Liane und Agnetha ein. Bester Laune gestanden sie uns, ein paar Accessoires erworben zu haben.

Auf unserem Zimmer erzählte Liane mir Einzelheiten, die sie von Agnetha erfahren hatte, persönliche Dinge. Agnetha war hier im Ort aufgewachsen und hatte nach dem Abschluss ihrer Lehre den Eltern im Lokal geholfen. Das Restaurant, schon damals gut besucht, schaffte später mühelos den Sprung in die Marktwirtschaft. Jetzt kamen andere Gäste.

Abgesehen von ein paar Affären mit Jungs aus dem Ort, blieb sie doch in der Jugend immer etwas einsam und träumte von einer anderen Zukunft. Schon vor der Wende übernahm sie die Aufsicht über den Strandkorbverleih und erlag Jahre danach dem Charme eines italienischen Touristen, der jedoch feige verschwand. Sie wurde schwanger und wollte das Kind austragen. Eine Frau ohne Mann sorgte im Ort für reichlich Gesprächsstoff, doch die Gemüter beruhigten sich. Agnetha zeigte Charakter und stand zu ihrem Sohn. Sie war enttäuscht vom Leben, bis vor kurzem Gernot auftauchte. In ihm sah sie einen Wesensverwandten.

Auf meinen Hinweis, Agnetha hätte in der Kreisstadt ihr Glück versuchen sollen, sagte Liane, dass Agnetha ihre Eltern nicht verlassen wollte. Sie verbauten ihr damit die ersehnte Zukunft, wandte ich ein. Doch Liane meinte, Agnetha würde irgendwann, vielleicht schon bald, das Lokal übernehmen. Die Eltern waren in die Jahre gekommen, das könne nicht ewig so weitergehen. Und jetzt, da Gernot da sei, wäre plötzlich doch alles anders, ein spätes Glück, aber eben ein Glück. -

„Lies mir noch vor", bat Liane, nachdem sie geduscht hatte.

Ich schlug das Manuskript auf:

„Dennoch wird es Zeit, jetzt, wo ich meine Gedanken und Gefühle ordnen kann, einmal Resümee zu ziehen.

Von Pat habe ich nichts gehört. Dennoch, die Angst rumort etwas in meinem Innern, dass mich eine noch tiefere Vergangenheit eines Tages einholt. Ich verdränge das.

Nichtsdestotrotz muss ich schreiben. Es gibt Zeiträume und Dinge, die ich noch nicht erwähnt habe. Wenn ich schon nichts tun kann, so bringe ich sie wenigstens zu Papier. –

Im Grunde ist das Leben bitter und ernüchternd. Und Wasser ist dicker als Blut. Mein leiblicher Vater, Dieter Ebeling, zog damals, als ich sieben war, nach der Scheidung aus. Er schickte mir Päckchen mit Süßigkeiten und interessante Bücher. Dass meine Schwester Petra uneingeschränkt zu Mutter hielt, weil sie mit vierzehn etwas mehr Durchblick besaß, hatte ihn offensichtlich sauer gemacht. Ihr sendete er nichts zu. Sein Boxen war ihm immer wichtiger erschienen als die Familie, aber das konnte er wohl nicht nachvollziehen.

Einmal besuchte er mich in der Schule und man maßregelte ihn. Damals herrschten andere Gesetze. Als ich dann fünfzehn wurde und ihn einmal besuchen sollte, riet mir Mutter ab. Ich war ratlos und der ohnehin brüchige Kontakt zu meinem Erzeuger riss völlig ab.

Viele Jahre später, längst erwachsen und gewappnet, den Dingen des Daseins ins Auge zu schauen, erlagen Petra und ich auf verschiedene Weise dem gemeinsamen Irrglauben, mit ihm in Verbindung zu treten, sie persönlich und ich vorsichtig brieflich. Und ich verstehe bis heute nicht, warum ein Vater seine Kinder verleugnet, denn das genau kam dabei heraus. Er schloss die Tür und eine Antwort blieb aus.

Ich, Gernot Ebeling, habe gekämpft, doch der Sinn dessen ist mir nicht klar. Als mein Stiefvater starb, hatte ich bereits zwei Menschen verloren.

Wie bereits erwähnt, wir hatten noch Mutter, die mein Halbbruder Ralf vorübergehend zu sich und meiner Schwägerin nahm, damit sie in der schweren Zeit nach dem Tod ihres Mannes nicht einsam sei. Ralfs Wohnung war groß und die Absicht durchaus löblich, und doch begann seit dieser Zeit der Abstand zu mir zu wachsen, eine Distanz, die sich immer mehr verbreiterte und heute schier unüberbrückbar anmutet. Ich suchte oft nach Gründen und nach Schuld, fand nichts und auch Mutter entfernte sich von mir. Je länger sie sich in der Nähe Ralfs aufhielt, desto mehr haftete ihr ein Faible für die Erfolgreichen an, denn ohne Zweifel, Ralf war einer der, die es geschafft hatten.

Ich aber nicht. Ich ließ mich auf der Arbeit unterbuttern, musste das Maul halten, alles hinnehmen, ansonsten drohten Repressalien, und oft auch die Tätigkeit wechseln. Mutter dagegen kannte von früher die BGL, den Vertrauensmann und die Schlipse von Ralf, die er über dem weißen Hemd trug. Die Welt schien für sie in Ordnung. Und offenbar hatte sie vergessen, dass sie selbst einmal Arbeiterin war und sich die Hände schmutzig machte.

Die Geldnöte von Pat und mir waren Mutter ein Gräuel. Sie verstand nicht, wie man damit nicht auskommen konnte. Die Rente wurde fast jährlich erhöht, und der Lohn mitnichten. Die Lebenshaltungskosten stiegen unaufhörlich. Überdies erhielt sie Witwenunterstützung für ihren verstorbenen Mann, und meine lebendige Pat ging leer aus, war durch die Maschen des sozialen

Netzes gefallen, zählte nicht.

Regelmäßig geriet ich mit Mutter in Streit. Ich versuchte ihr klar zu machen, dass der Staat nicht diktieren könne, was man zu verbrauchen habe, und sie untermauerte ihre Argumente mit Beispielen von früher, immer wieder von früher. Doch wir besaßen längst eine andere Gesellschaftsordnung, eine *Ordnung*, die auf Kälte und Egoismus beruhte. Und das war das erste, was die Leute lernten. Ich, ich, ich.

Mutter begriff nichts. Sie verreiste, was ich ihr auch gönnte, aber sie vergaß, was sich hier abspielte. Sie sah andere Ländereien, Touristen, Gleichaltrige, die sich das leisten konnten. Und sie vergaß wohl auch, dass sie dieses Leben an der Seite eines gebrechlichen Mannes nie hätte führen können, denn zweifellos wäre dieser Umstand eingetreten, wenn mein Stiefvater länger durchgehalten hätte. Denn auch dann geht's ans Geld und man braucht Hilfe.

Und doch griff sie uns sporadisch finanziell unter die Arme, oft mit einem weinenden Auge, denn sie hatte den Eindruck, in ein Fass ohne Boden zu investieren. Die Diskussionen führten ins Uferlose, und ich bewunderte die Energie meiner Mutter, wenn es um dergleichen ging. Einmal geschah es, dass ich zu einem Treffen mit ehemaligen Brigadekameraden eingeladen wurde. Ich hatte die Kohle für die Kneipe nicht, und als Mutter einen meiner alten Kollegen sah, erklärte sie, dass ich erkrankt sei und nicht erscheinen könne. Offenbar schämte sie sich meiner Geldnot; das war nicht vorzeigbar.

Und sie strahlte mittlerweile auch noch diese Kälte aus, diese seltsame Kälte, die so ganz im Gegensatz stand zur Christenlehre und gar zu dieser Binsenweisheit: ‚Meinen Kindern soll es mal besser gehen.' Dabei waren wir längst keine Kinder mehr, sondern Erwachsene, die mit dem bisschen Lohn nicht über die Runden kamen. Und täglich wuchs die Zahl derer, denen es wie uns ging.

Wer die Wahrheit sagt, ist immer verhasst. Es ist mir egal. Ich besitze nicht die Beharrlichkeit, mich zeitlebens lieb Kind zu machen, um einen Fuß auf das Trittbrett zu kriegen. –

Auch Ralf sah ich nur noch selten. Und ich erinnerte mich an den Geburtstag von damals, als ich aufbegehrte, weil man mich und Pat fast wie Beiwerk behandelt hatte. Doch nun wurde aus dieser angeblichen Einbildung Ernst. Zu den seltenen Treffen bei Mutter sah er mich oft an wie einen unbekannten Menschen, und die vereinzelten Fragen, die er mir stellte, zielten nie ins Private, sondern bezogen sich auf den *Job.* Wir wurden uns fremd. Mir fiel auf, dass ich mit Ralf noch nie ein Bier getrunken hatte, wie es Brüder tun.

Selbst Petra erkannte ich nicht wieder. Sie verhielt sich seltsam reserviert; auch sie behandelte mich oft wie einen Kranken, mit dem man vorsichtig umgehen müsse. Das alles nur, weil man manchmal Tacheles geredet hatte? –

Als Pat erkrankte und die Besuche von Freunden ausblieben, hatte ich begonnen, an den Abenden wie besessen zu schreiben. Zunächst brachte ich meine Armee-Erlebnisse zu Papier, wie bereits erwähnt, um mir zu beweisen, dass Form und Stil einhergehen können und ich als Schreiberling etwas tauge. Außerdem wollte ich diese Zeit meiner Jugend tatsächlich aufarbeiten. Die Idee hatte ich schon Jahre mit mir herumgetragen, doch nie einen Anfang gefunden. Jetzt schrieb ich mit Eifer, ja mit Verzweiflung und donnerte mein erstes Buch in ein paar Wochen herunter. Die Stichpunkte auf guten alten Karteikarten halfen mir nun zu der Schnelligkeit. Das Manuskript versandte ich online. Es würde ab sofort auf Verlangen gedruckt und verschickt. Der Nachteil: Es läge nicht in den Buchhandlungen. Ich schrieb, weil ich schreiben wollte. Natürlich wäre es mir auch lieb gewesen, bekannt zu werden, doch wer war ich, Gernot Ebeling, im Prinzip? Ein Niemand.

Das zeigten mir auch die Reaktionen von Kollegen, als ruchbar wurde, dass ein Buch von mir erhältlich sei. Fast alle wollten wissen, wie mein Umsatz wäre, ob der Rubel rolle, doch kaum einer kaufte es. Ich war ein Mensch, dem man nichts zutraute, der ‚Mann in der Menge', einer, der mittelmäßig war und es gefälligst bleiben sollte, ansonsten hätte es wohl Neid hervorgerufen.

Merkwürdigerweise stellte ich das auch bei meinen Verwandten fest, was mich nicht verwunderte. Sie kauften mein Buch, immerhin, doch vernahm ich nie ein Echo. Mutter las es meiner Vermutung nach nicht einmal; ich sah es immer im Regal stehen, wohl als Erinnerung, als wäre ich schon tot.

Ein Jahr später bekam ich plötzlich die Anfrage eines Journalisten einer überregionalen Zeitung. Er wollte für einen Artikel über die NVA recherchieren und war im Internet auf mein Armeebuch gestoßen. Wir trafen uns und sprachen darüber. Offenbar äußerst seriös, drängte der Kolumnist auf die Bestätigung meiner Aufzeichnungen durch einen Zeugen, einen Kameraden. Ich konnte ihm einen Hinweis geben und rief, als der Journalist wieder in die ‚gebrauchten' Bundesländer zurückgefahren war, meinen Freund aus alten Kämpfertagen an, dessen Telefonnummer ich herausbekommen hatte. Er war hell begeistert. Wir führten ein langes Gespräch.

Im Nachhinein konnte er die Vorkommnisse im Buch bestätigen und trat selbst mit dem Kolumnisten in regen Kontakt...

Doch der Artikel ist nie erschienen. Der seriöse Journalist musste mir leider mitteilen, dass die Sache vorübergehend auf Eis gelegt sei, eine Nachricht, die mich deprimierte. Wollte man von diesen Zeiten nichts wissen? Zu allem Übel brach mein alter Kamerad die soeben erneuerte Verbindung zu mir ab, was mich an allem zweifeln ließ.

Um darauf zurückzukommen: die Umwelt verändert die Menschen, und doch muss die Schuld auch bei ihnen selbst gesucht werden. Vor zwanzig Jahren ging ich mit manchem durch dick und dünn, feierte mit ihnen, und wir alle lösten gemeinsam die anstehenden Probleme, ob Freunde oder Verwandte.

Heute ist dem nicht so. Die Zeitgenossen können ruhiger schlafen, wenn sie wissen, dass es dem Nächsten etwas beschissen geht. Sie möchten immer ein wenig mehr haben als der andere, ein wenig drüber stehen. Nichtsdestotrotz stimmen sie in den Chor der Jammernden ein, damit man glaubt, dass auch sie es schwer haben.

Die Ignoranz hat wie eine Seuche um sich gegriffen. Das Ego lädt sich auf wie ein Akku, jeden Tag aufs Neue. Wer unten steht, wird niedergemacht, und wer oben ist, den versucht man zu stürzen oder man katzbuckelt. Da hätte man die alte Welt auch lassen können, als jeder noch einen Trabant sein eigen nannte.

Wer nichts besitzt, ist selber schuld; wer viel besitzt, hat etwas richtig gemacht. Oder betrogen. Es gibt der Ungereimtheiten in dieser sogenannten *Ordnung* zuhauf, die hierzulande herrscht;

die Obrigkeit schaut amüsiert herunter in den Sumpf der Maden, in das wuselnde wetteifernde Gewürm, das sich armselig mit Reisen und Anschaffungen brüstet, um sich den neidischen Nebenbuhlern mitzuteilen, in der trügerischen Hoffnung, geachtet zu werden, was durch das eigene Verhalten ad absurdum geführt wird.

Es wird gelogen, schmarotzt, intrigiert, gegeizt, doch alle wundern sich, warum die Welt so kalt geworden ist. -

Früher hatte auch ich einige Freunde. Ich höre nicht mehr viel von ihnen. Da war ein Schulkamerad, der jetzt glücklich und zufrieden in einer anderen Stadt lebt. Er weiß vom Buch, auch vom zweiten, das ich begann, als Pat gesund wurde und welches kurz danach ebenfalls erschien. Ein Treffen kommt partout nicht zustande, und ich ahne, warum. Er konnte sich anpassen, emporkommen, und ich nicht; ein Ziel, das jeder anstrebt, aber man spielt gern in der selben Liga.

Desgleichen ein anderer Kumpel, der mir nun doch in den letzten zwanzig Jahren ans Herz gewachsen war, ein Hans Dampf in allen Gassen; doch heuer wirkt er müde und macht sich rar. Seine ‚Baustellen' sind woanders. Wir waren immer füreinander da. –

Doch oft eilen meine Gedanken noch weiter zurück. Ich habe Angst, dass mich die Vergangenheit eines Tages trotz Flucht wieder einholt."

Ich hatte die letzte Seite zu Ende gelesen. „Hier ist Schluss." Liane wiegte den Kopf. „Das ist sehr ernüchternd. Dieser Gernot ist nicht gerade ein Glückskind", sagte Liane.

„Aber sein Glück hat er hier gefunden. Mit Agnetha."

„Das stimmt. Und doch hat er es ständig mit der Vergangenheit. Nur schreibt er nichts darüber." Liane kuschelte sich an mich. „Aber das klären wir morgen. Es ist eine laue Nacht. Komm."

Am fünften Tag unseres Urlaubs – ich frühstückte mit Liane spät, es war eher ein Brunch – kam Ebeling zur Lokaltür herein. Er hatte die Zeitung und die tägliche Geschäftspost in der Hand, warf mir einen entsetzten Blick zu und steckte einen soeben geöffneten Brief weg. Dann verschwand er grußlos in der Küche. Ich sah Liane an. „Langweilig ist es nicht hier oben."

„Ich habe den Eindruck, dass unser Erscheinen der Griff in das Wespennest war", sagte Liane. –

Wir trieben uns am Strand herum und badeten oft. So verging die Zeit, bis Agnetha eines Nachmittags Liane zu ihrer Tante Sophie einlud, einer gutmütigen Frau, die der Mutter von Toni den Rücken freihielt, wegen der Arbeit und weil sie eine Aufgabe hatte, die ihr gefiel.

Gernot war wohl angehalten, nicht unbedingt dabei sein zu müssen. Eine Art Weiberabend. So hockte ich allein im Schankraum herum, als der Abend anbrach, erfrischt von den Wellen. Gernot werkelte in der Küche herum, bis ihn die Lindströms mit dem Hinweis auf mich dort vertrieben. Er duschte und setzte sich schließlich zu mir an den Tisch. Doch Gernot wirkte locker, gelassen, und ich bekam den Eindruck, dass er schon ein wenig gepichelt hatte. Auch holte er gleich Bier und zwei Kurze. Wir stießen an.

„Unser Urlaub neigt sich dem Ende entgegen", sagte ich.

„Tut mir leid", sagte Gernot. „Für uns ist diese Zeit Arbeit."

„Wollt ihr nicht mal verreisen?"

„Warum sollten wir? Wir haben die See vorm Haus. Was will man mehr?" Ich nickte. „Das stimmt. Ich würde selbst gern hier wohnen." Gernot holte zwei neue Schnäpse. Er wurde gesprächig. „Das heißt, ich hätte ja ein Faible für Schweden. Da würde ich mal hinwollen. Nicht nur, weil Agnethas Ahnen dort herstammen, nein, mich interessiert das Land."

Wir sprachen noch über andere Staaten, bis die Lindströms sich verabschiedeten, mit der Bitte an uns, später zuzusperren. Gernot winkte lässig ab. „Geht klar."

Dreißig Minuten später wagte ich einen Vorstoß. Ich konnte mich des Eindrucks nicht erwehren, dass er über Gebühr trank. „Waren schlechte Nachrichten in der Post?" Wieder sah mich Ebeling plötzlich düster an, wie er es oft tat, wenn ihm merkwürdige Fragen gestellt wurden. „Spionierst du mir nach?"

„Nein", beeilte ich mich zu sagen, „es ist nur, dass ich neulich deine Nervosität bemerkte, als du mit einem Brief hereingestürmt bist." Ebeling beruhigte sich und winkte ab. „Ach, das ist nichts Besonderes."

„Habt ihr finanzielle Probleme?"

„Keineswegs. Es ist alles in Ordnung." Ebeling sah zum Fenster hinaus. Der Abend brach an; es dämmerte, und ein roter Schleier legte sich über den Horizont, an dessen Ende die See ins Grenzenlose wuchs. Abrupt wandte er sich mir zu. „Springen wir noch mal ins Meer?" Ich überlegte nicht lange. Angesichts seines Alkoholkonsums schien mir das nur förderlich, ihn zu ernüchtern. „Klar, ich hol nur rasch Badetücher", sagte ich.

Als wir zum Ufer gingen, schwankte Ebeling. Unten riss er sich die Kleider vom Leib und rannte in die Flut. Ich sah mich um. Hinter mir hüllte sich das „Pidder Lüng" allmählich ins Dunkel.

Beiderseits des Lokals thronten die riesigen Kiefern regungslos an diesem windstillen Abend. Leise bewegten sich die Binsen. Unter mir fühlte ich den weichen Sand. Die Wellen leckten am Saum des Gestades. Auch ich hatte jetzt das Gefühl, frei zu sein, jedoch gepaart mit einem Anflug von Einsamkeit, der mich erstarren ließ. Ebeling war in den Wellen; ich kleidete mich aus. Trauer übermannte mich mit brutaler Gewalt, und ich wusste nicht, weshalb. Ich watete in das Wasser und ließ mich schließlich fallen.

Zwei Minuten später hatte ich Ebeling aus dem Meer gezogen. Er war voll, überfordert vom Schwimmen, lallte vom Tod. Ich schlug ihm mit der flachen Hand ins Gesicht. Entsetzt stierte er mich an. „Ich bring dich nach Hause", stieß ich hervor. „Du musst dich ausnüchtern. Das kannst du Agnetha nicht antun."

„Agnetha ist eine gute Frau", sagte er mühsam.

„Eben. Du darfst sie nicht enttäuschen." Wir trockneten uns ab, wobei ich Ebeling unterstützen musste, zogen uns an und liefen barfüßig zu seiner Wohnung. Er gab mir den Schlüssel. Agnetha und Liane weilten noch bei Sophie. „Ich mach Kaffee, der wird dir gut tun", legte ich fest. Ebeling saß mit hängendem Kopf am Tisch im Wohnzimmer und ließ alles über sich ergehen, doch wirkte er schon klarer.

Ich brauchte nicht lange nach Filtertüten und Kaffee zu suchen und setzte das Gebräu an. Als ich mich in der Küche umsah, fiel mein Blick auf einen geöffneten Brief in der Ecke. Ich nahm ihn an mich und kehrte kurz darauf mit dem Kaffee zurück in die Wohnstube. Ebeling begann dankbar das Getränk zu schlürfen.

„Was ist los mit dir?" fragte ich.

„Nichts", antwortete er.

„Mensch, du hast Agnetha. Wenn ich du wäre, würde ich so eine Frau auf Händen tragen."

„Das tu ich doch auch", sagte er zermürbt. „Wir haben keine Probleme. Zerbrich dir nicht meinen Kopf."

„Pass auf: Hau dich jetzt hin, und wir vergessen alles. Morgen sieht die Welt wieder anders aus."

Ebeling nickte und erhob sich. Er verschwand auf der Toilette und ich entnahm in aller Eile das Schreiben aus dem Kuvert.

„Sehr geehrter Herr Ebeling,

ich möchte mich gleich zu Beginn für diesen überraschenden Brief entschuldigen. Mein Name ist Holger Bregelein, und mein Vater, Erwin Bregelein, ist kürzlich verstorben. Wie ich erfuhr, taten Sie in seinen letzten Tagen Dienst in dem Heim, in dem er untergebracht war. Noch lebte er, als Sie Ihre Tätigkeit dort aufkündigten, und die Schwestern erzählten mir, dass Sie sehr menschlich und vertraut mit meinem Vater umgingen. Dafür danke ich Ihnen von ganzem Herzen. Offensichtlich hatte er Sie gemocht.

Ich will den Mann kennen lernen, der meinem Vater an seinem Lebensabend, bevor ihn ein Herzanfall von mir nahm, den Kummer vergessen ließ, den alte Menschen mit sich herumtragen.

Ich weiß, ich habe Ihre Privatsphäre verletzt, da ich das Einwohnermeldeamt bemühen musste, um Ihre Adresse herauszubekommen. Doch läge mir sehr an einem Treffen mit Ihnen, damit Sie mir erzählen können, was mein Vater vor dem Ableben gesprochen hat, worüber er lachte, was ihn traurig stimmte... Ich hatte wenig Gelegenheit, ihn zu besuchen. Meine

Behinderung machte es mir schwer, eine ständige Verbindung aufrechtzuerhalten.

Ich scheue nun aber weder Zeit noch Mühe, um mich eventuell einmal mit Ihnen zu unterhalten. Ich habe meinen Vater sehr geliebt.

Ich verbleibe in der Hoffnung auf Antwort
Holger Bregelein"

Erschüttert lehnte ich mich zurück, doch wusste ich meine Unruhe nicht wirklich zu deuten. Diesen Brief musste ich erst verdauen. Offenbar war es das Schriftstück, welches Ebeling so entsetzt hatte. Aber warum? Was war schon dabei? Eine echt menschliche Geste seitens Bregeleins, ihn aufsuchen zu wollen. Jetzt fiel mir auch das Manuskript wieder ein. Ebeling hatte von dem Alten berichtet. Doch als er dessen Sohn sah, brach er die Brücken ab.

Schnell legte ich den Brief zurück, als Ebeling die Toilettentür öffnete und merkte mir die Adresse des Absenders. „So", sagte ich. „Jetzt aber pennen." Er schlich ins Schlafzimmer und saß konsterniert auf dem Bett.

„Ich hau ab. Wird's gehen?" fragte ich.

Er nickte und sah mich an. „Ich wollt, ich wär ertrunken", dozierte er mit glasigen Augen. „Und wieso tauchst du auf?"

„Ich weiß nicht. Zufall."

„Es gibt keine Zufälle."

Auf dem Rückweg ging ich noch einmal an den Strand. Und weil es keine Zufälle gibt, traf ich dort auf Liane und Agnetha, die es sich nicht nehmen lassen wollten, auch einen Hauch des Meeres in dieser Nacht zu atmen. Sie waren freudig überrascht, mich hier zu sehen. „Ach, er ist ja ein Romantiker", witzelte bereits Liane. Im Dunkel warf mir Agnetha einen Blick zu. „Warum nicht? Ich mag Romantiker. Die wilden Jahre sind vorbei."

Ich weiß nicht, warum mir dieser letzte Satz wehtat. Jetzt, als ein leichter Wind aufkam, beobachtete ich nur noch das wehende Haar der beiden Frauen, die als Silhouette gegen den Himmel auszumachen waren. Warum, schoss es mir durch das Hirn, kann man nicht auch zwei Frauen lieben?

„Übermorgen müssen wir abreisen", sagte Liane zu Agnetha.

„Aber wir bleiben in Verbindung, ja?"

„Na klar", sagte Liane und drückte Agnetha an sich.

Zweiter Teil

Im Finanzamt klingelte das Telefon und ich beräumte wieder Wohnungen. Der Alltag hatte uns eingeholt. Liane und Agnetha schrieben sich Briefe. Ich hielt mich jedoch Ebeling gegenüber bedeckt und ließ nichts von mir hören. Auch er hüllte sich in Schweigen. Er schien ohnehin unzugänglich und sein Verhalten hatte mich verstört.

Ich spielte mit dem Gedanken, Bregelein aufzusuchen, doch Liane riet davon ab. Genug der Einmischung in innere Angelegenheiten.

Ein paar Monate später knallte ein Ereignis in unser Leben, das ich nie für möglich gehalten hätte.

Es war der Abend meines Geburtstages. Liane hatte mich nach der Arbeit zu Hause erwartet und mir bei Kaffee und Torte Geschenke gemacht, unter anderem zwei Bücher, die ich schon lange einmal lesen wollte. Wir machten es uns bequem und schlürften Sekt. Liane lächelte die ganze Zeit wissend und verschwörerisch vor sich hin, bis ich fragte: „Was hast du denn?"

„Da kommt noch was. Ich habe bis heute nichts gesagt. Außerdem bekam ich den Brief erst vor zwei Wochen."

„Ich versteh nicht..."

„Agnetha hat wieder geschrieben." Liane holte einen Umschlag und entnahm das Papier, legte es aber wieder auf den Tisch.

„Ist das noch ein Geschenk?" wollte ich wissen.

„Wie man es sehen mag. Ich sag mal, es ist eins."

„Schieß los." Liane sog bedeutungsvoll die Luft ein. „Agnetha und Gernot gehen nach Schweden." Ich nickte nachdenklich und auch ein wenig konsterniert in mich hinein. „Klasse. Das hätte ich nicht so schnell vermutet. Gernot sprach damals von einer Reise, aber dass sie gleich..."

„Und", unterbrach mich Liane, „das hat Auswirkungen auf uns."

„Inwiefern?"

„Sie bieten uns an, in ihr Gasthaus ‚Pidder Lüng' zu ziehen." Ich lehnte mich zurück. Mein Geburtstag war vergessen. „Was ist mit den Eltern?"

„Sie hören auf und ziehen sich aufs Altenteil zurück."

„Sie bieten uns an..." Ich war wie gelähmt. Mit einemmal erstand vor mir eine geistige Kulisse. Ich sah mich am Gasthaus, mit hochgekrempelten Hemdsärmeln, den Blick auf die See gerichtet. Um mich herum wandelten Touristen und betrachteten mich als Alteingesessenen.

„Was meinst du dazu?" fragte Liane.

„Wir sollen da hoch ziehen?" Ich dachte plötzlich an meinen Job, an Lianes Job, an alles, was uns bisher an diese Gegend gebunden hatte. „Warum nicht?" fragte Liane und sah mich begeistert an. „Hast du nicht auch manchmal, in einer stillen Stunde, darüber nachgedacht, ein völlig neues Leben anzufangen? Auszubrechen, herauszuspringen aus den Geleisen, die dich jeden Tag in die selbe Spur zwingen?"

„Und deine Eltern?" Ich war erstaunt über die Euphorie Lianes.

„Wo liegt das Problem? Ich bin ein freier Mensch. Ich kann sie jederzeit besuchen. Gut, nicht mehr oft, aber, ich denke, es steht mir frei, irgendwo hin zu gehen, wie auch dir. Was hast du hier verloren?" Ich sah Liane lange an und hatte einen neuen Einwand. „Wir müssten kündigen. Wovon sollen wir da oben leben?"

„Wir haben ‚Pidder Lüng'. Man könnte weiterhin Fremdenzimmer vermieten, die Küche führen."

„Wer soll da kochen?"

„Wir stellen einen Koch ein."

„Eine Köchin."

„Nein, einen Koch. Männer kochen besser."

„Das aus deinem Mund?"

„Es ist aber so."

„Hast du Startkapital?" fragte ich Liane. Sie erhob sich erneut und holte wieder ein Blatt Papier. Mir wurde Angst. „Sag mal, das kommt mir so generalstabsmäßig vor. Stellst du mich vor vollendete Tatsachen?"

„Nun", sagte Liane. „Ich kann auch nichts dafür. Hier", sie wies auf einen Bankauszug, den sie mitgebracht hatte, „sie haben uns zehntausend Euro überwiesen..."

„Gernot?"

„Und Agnetha."

„Das gibt's doch nicht. Erfahr ich hier überhaupt mal was?" brauste ich auf.

„Ich sag es dir doch grade."

„Das geht mir alles zu glatt. Woher haben die unsere Bankverbindung."

„Wir haben oben mit Karte bezahlt."

„Du hast wohl auf alles eine Antwort!" Liane nickte. Ich öffnete ein Bier. Mir war ein wenig heiß geworden. „Warum bist du plötzlich so – so schwärmerisch?"

„Ich sagte es schon." Sie rückte auf der Couch näher an mich heran und legte einen Arm um mich. „Ich habe keine Lust, im Finanzamt zu versauern. Ich verdiene dort gut. Aber war das alles? So eine Chance ist einmalig. Und sie haben uns auserkoren."

„Wie sollen wir das alles bewerkstelligen?"

„Ich kenne mich mit Papierkram bestens aus. Angebote, Rechnungen, Steuern. Da geht nichts schief. Und du kümmerst dich um das Grobe." Ich lachte auf. „Der Mann fürs Grobe." Dann wurde ich wieder ernsthaft. „Woher haben die das Geld?"

„Renate Lindströms Bruder in Berlin ist vor einiger Zeit verstorben. Er hatte ein Baugeschäft und war Witwer. Seine Tochter, Renates Nichte, lebt schon lange in den Staaten. Sie hat verzichtet. Im Übrigen besitzen auch Agnethas Eltern ein kleines Vermögen."

„Woher weißt du das alles?"

„Wir schreiben uns. Du hast dich nie in dem vergangenen Jahr für Gernot und diese Sachen interessiert..." Ich nickte schuldbewusst. „Ja, das stimmt. Und nun willst du Nägel mit Köpfen machen?"

„Man könnte es versuchen. Ich frage nur nach deiner Meinung."

„Das geht mir..."

„Zu glatt, ich weiß schon. Du wiederholst dich. Es riecht nach Klischee. Aber", Liane hob den Zeigefinger, „einfach wäre es nicht. Doch man könnte es wagen." Ich zog Liane an mich und schloss die Augen. „Sind die beiden noch oben?"

„Sie warten noch."

„Warum?"

„Erstens, weil sie zunächst unsere Meinung hören wollen und zweitens haben wir ja Kündigungsfristen."

„Sie sind noch nicht weg?"

„Das sagte ich gerade."

„Warum wollen sie denn nach Schweden?"

„Ein neues Leben beginnen. Du musst das aus ihrer Sichtweise betrachten."

„Das alles ist doch bestimmt Agnethas Plan."

„Aber nein. Es war Gernots Wunsch, nach Schweden zu gehen. Und überhaupt, mit der Fähre wären sie schnell mal wieder bei Agnethas Eltern. Und Sophie ist auch noch da. Toni geht natürlich mit. Einen Lehrer kriegen sie auch."

Ich schwieg und dachte nach. „Willst du immer Wohnungen ausräumen?" fragte Liane. „Von Leuten, die sich einfach nur ihre Wünsche erfüllen?"

„Ich glaube nicht", hörte ich mich sagen. -

Wir kündigten unsere Jobs, meldeten die Wohnung ab und blieben ständig mit Agnetha in telefonischer Verbindung. Die Fristen wurden abgearbeitet; wir suchten einen Nachmieter, den wir in Gestalt eines älteren Ehepaars auch fanden, das fast alle Räume mit Mobiliar übernahm und uns eine angemessene Summe Geldes übereignete. Das Wochenende kam, als wir Kleidung, Bettwäsche und die ganzen Kleinigkeiten, die man brauchte, verpackten und eine Umzugsfirma beauftragten, welche die Sachen an die Ostsee nach Dierendorf kutschieren sollte.

Wir hatten unsere Eltern informiert; wir waren Herren unseres Schicksals.

In Dierendorf saßen auch Agnetha und Gernot bereits auf gepackten Koffern, als wir in gewissem Abstand zu unseren Kartons mit Klamotten schließlich an der See eintrafen. Es war ein herzlicher Empfang, der allerdings durch den bevorstehenden Abschied schon ein wenig getrübt anmutete. Wir machten abends einen drauf aufgrund der Wiedersehensfreude, und einen Tag später rumpelte unsere Habe auf dem LKW an.

Gernot und Agnetha blieben noch zwei Tage, wiesen uns ein in die täglichen Verpflichtungen des Gasthauses, hatten überdies auch schon einen Tipp bezüglich eines Kochs parat, der dieser Tätigkeit nicht abgeneigt schien, und machten uns vertraut mit den Gepflogenheiten, die hier galten.

Am letzten Abend gossen wir schon wieder einen auf, ihrer Abreise wegen. Gernot und Agnetha würden am nächsten Mittag die Fähre nehmen. Sie hatten natürlich ihre Wohnung an uns weitervermietet, mit allem, was darin befindlich war. In Schweden wollten sie dann ganz neu anfangen.

In den Räumen, die sie nun verlassen mussten, rückten wir zusammen und unterhielten uns nach dem Essen zunächst über ihre Zukunft. Agnetha teilte mit, dass sie sich schon seit langem mit der schwedischen Sprache auseinandergesetzt hätte, aus reinem Interesse. Das käme ihnen nun zupasse. Mit einer Reise hätten sie seit Gernots Ankunft geliebäugelt, doch es immer verdrängt. Das Gasthaus, die Eltern...

Jetzt aber waren Dinge geschehen. Der Onkel verstorben, die Erbschaft, der Wunsch ihrer Eltern, sich zurückzuziehen, die Chance, dass jemand das Lokal weiterführen könnte. Einem Umzug nach Schweden stünde nun nichts Gravierendes mehr im Wege. Sie würden Jobs finden, das Land besäße viele Häfen...

Ja, Gernot sei der treibende Keil gewesen, und auch sie, Agnetha, hatte keinen Grund, seinem Ansinnen entgegenzuwirken. Andere Eindrücke, andere Menschen und so weiter.

Als wir uns ein wenig zerstreuten, Liane im Wohnzimmer mit

Agnetha plauderte und ich Gernot in die Küche folgte, weil er uns einen Whiskey ausschenken wollte, ließ mich der Gedanke an den Brief nicht los, den ich vor Monaten bei ihm gelesen hatte.

Gernot wirkte glücklich und gelassen. So hatte ich ihn in den Tagen des Urlaubs nie erlebt. „Wolltet ihr schon immer nach Schweden?" fragte ich.

„Nun", erwiderte er, „wie ihr wisst, eine Reise hatten wir ja schon länger vor. Wirklich nur eine Reise. Aber jetzt sind Sachen passiert, nichts Angenehmes, doch es ist eben so: Wenn sich etwas ändert, ändert das alles andere mit." Mit dieser Antwort gab ich mich nicht zufrieden.

„Weißt du, Gernot, manchmal denke ich, du bist vor irgendetwas auf der Flucht." Plötzlich ließ er das Whiskeyglas sinken und starrte mich an. „Wieso?"

„Entschuldige, es kommt mir nur so vor. Erst verlässt du Knall auf Fall deine Wohnung und kommst hier hoch, und nun willst du sogar in ein anderes Land. Immer weiter weg."

„Na und? Du hast mein Manuskript gelesen, schön, dagegen konnte ich nichts tun. Du hast das mit Pat gelesen; sie hat einen anderen verdient. Und im Heim fühlte ich mich auch nicht richtig wohl."

„Im Heim hat es dir gefallen. Und du hast selbst von einer Flucht geschrieben."

„Es war ja auch eine Flucht. Geb ich ja zu."

„Und warum fliehst du immer noch?" bohrte ich weiter.

„Was willst du eigentlich von mir?" fragte Gernot gereizt. „Muss ich mich vor dir rechtfertigen?"

„Geht es um diesen Bregelein?"

„Welcher Bregelein?"

„*Der* Bregelein aus deinem Manuskript."

Ebeling wirkte wieder nervös und fahrig. „Nein, der hat nichts damit zu tun. Mir wurde damals klar, dass ich einfach weg wollte." Er schüttete seinen Whiskey hinunter. „Ich hätte dich das Manuskript nicht lesen lassen dürfen. Das ist geistiges Eigentum. Du kannst nicht in meinem Privatleben herumwühlen..."

„Entschuldige, Gernot, du hast Recht. Das geht mich nichts an. Aber es las sich so interessant."

„Ach", sagte Gernot. „Interessant nennst du das. Ich nenne es ein Scheißleben, bis ich Agnetha wiedertraf."

„Das habe ich auch mitbekommen." Ich wusste nicht, was ich noch dazu sagen konnte und schwieg. Gernot sah auf die Uhr und trieb plötzlich zur Eile. „Wir müssen morgen eher raus. Bitte geht bald."

Doch im Wohnzimmer stieß er auf taube Ohren. Liane und Agnetha waren enger zusammengerückt und wisperten, wohl über alte Geschichten. Gernot ging zur Tür und meinte: „Dann geh ich mal Luft schnappen." Er nahm den Schlüssel vom Gasthaus vom Brett. Als er die Tür hinter sich geschlossen hatte – die beiden Frauen redeten fortwährend – sah ich ihm durch das Fenster nach. Ich wagte nicht, Gernot zu folgen. Er lief schnellen Schrittes auf das Lokal zu, das man von hier aus gerade noch zwischen den Bäumen erkennen konnte.

Statt dass ich ihm meine Dankbarkeit zeigte, hatte ich ihn unnütz unter Druck gesetzt. Ich blickte wieder durch das Fenster. Drüben im Gasthaus flammte geisterhaft ein Licht auf; ich hielt es für den Schein einer Taschenlampe. Wenn es Gernot war, warum hatte er nicht die Beleuchtung angeknipst. Suchte er etwas und wollte nicht auffallen? Ich gab es auf und setzte mich zu Liane und Agnetha. –

Am nächsten Abend hockte ich mit Liane etwas trübsinnig in der ehemaligen Wohnung Agnethas herum. Der Abschied von den beiden war uns allen schwergefallen; wir waren nun auf uns allein gestellt, denn auch die Lindströms fungierten maximal nur in einer beratenden Funktion. Der neue Koch, den uns Agnetha vermittelt hatte, erwies sich als ausgezeichneter Kenner der Küche, vor allem, wenn es sich auf Fischgerichte bezog. Er war dünn, nicht, wie man es erwartet hätte, schnell, behände und enorm teamfähig.

Wenn uns auch der Anfang schwer fiel, wie das immer so ist, arbeiteten wir uns doch ein und bekamen einen Einblick in die Probleme und Risiken, die das Führen eines Lokals mit sich brachten. Der Herbst brach an, und die Gäste wurden spärlicher. Einerseits standen wir nicht mehr unter Stress, aber der Umsatz ging zurück. Und wir hatten Zeit, unsere neuerworbenen Fertigkeiten zu festigen.

Der briefliche Kontakt mit Agnetha und Gernot bestand weiterhin. Sie erkundigten sich natürlich, wie es liefe, und wir besuchten oft die Lindströms, die uns längst ins Herz geschlossen hatten. Auch die Tante von Agnetha, Sophie, mochte uns.

Es war an einem Abend, als wir wieder einmal bei ihr weilten. Im Wohnzimmer brannte eine Glühbirne durch. Sie ging auf den Speicher, um eine neue zu holen, denn oben hatte sie Derartiges gelagert. Sie reichte mir eine Ersatzbirne herunter und kam dann mit einem Karton wieder herab. „Seht nur, was ich gefunden habe", sagte Sophie. „Schulhefte von Toni." Sie hatte den Deckel des Kartons schon geöffnet und verteilte den Inhalt. Wir blätterten darin. „Na, die braucht er nicht mehr", meinte Liane.

„Das waren die Anfänge, erste Schreibversuche. Niedlich.“

Auch ich kramte nun in den Sachen und stieß plötzlich auf ein Heft mit der Aufschrift: *Gernot Ebeling Die Weide am Fluss.* Ich legte das Heft zur Seite. Liane und Sophie waren sehr beschäftigt.

Auf dem Heimweg schwieg ich und starrte Löcher in die Luft. Die Kiefern rauschten leise im Abendwind. Die See trug Geruch von Tang herüber. Wir betraten unsere Wohnung, die uns immer noch ein wenig fremd anmutete; schließlich hatten wir sie nicht selbst ausgestattet. Doch Liane hatte bereits mit gewissen Umstrukturierungen begonnen, weil Frauen das natürlich tun müssen.

Ich goss mir einen Whiskey ein und ließ mich auf einen Stuhl in der Küche fallen. „Warum bist denn du so still?“ fragte Liane. Ich zog meine Jacke aus und förderte dabei das Heft zutage, das ich bei Sophie entdeckt hatte. „Ich hab da was.“

„Hast du das mitgenommen?“ fragte Liane missbilligend.

„Ja. Es ist ein Heft von Gernot. Er hat es geschrieben. Er muss genau das gesucht haben.“

„Wie gesucht?“

„An dem letzten Abend vor ihrer Abreise hab ich doch mit ihm gesprochen. Er ist dann noch mal in das Lokal und muss irgendetwas gesucht haben. Ich hab dir doch davon erzählt. Offenbar verlegt er ständig seine Manuskripte. Ich habe ihn an diesem Abend noch mal bedrängt, warum er ständig auf der Flucht ist, und wegen dieses Bregelein...“

„Ach, der Brief, von dem du mir berichtet hast..“

„Ja. Und wie wir wissen, ist es wohl nie zu einem Treffen mit

Bregelein gekommen. Ist ja auch egal. Hier", ich deutete auf das Heft, „hat er noch was geschrieben und muss es unter Tonis Sachen versteckt haben. Es fiel ihm nicht mehr ein, wo er es hatte. Zum Glück hat es Sophie nicht bemerkt, dass ich es eingesteckt habe." Auch Liane fixierte nun das ominöse Heft. Sie setzte noch Kaffee an und sagte wie immer bestimmt: „Lies vor!"

Gernot Ebeling

Die Weide am Fluss

Auf dem Parkplatz gegenüber meinem Elternhaus steht eine alte Eiche. Sie thront einsam, heroisch. Als Junge bin ich des Abends oft noch einmal hochgeklettert. Es saß jeder Griff, die Entfernungen zwischen den Ästen, ich hatte sie überwunden. Manchmal kamen Leute mit Müll und glotzten hoch zu mir. Ich rüttelte oben im Gezweig wie an Glocken Quasimodo. Ich war ein Träumer, ein Held, doch kein donnernder Klang konnte die bleiernen Schläfer da unten wecken.

Abends ging ich in der Dunkelheit manchmal auf den Balkon und sah hinüber zu unserem Sandkasten, der sich schweigend und allein gelassen ins Wiesengeviert duckte. Bei den Zobelbrüdern im Haus hinter dem Zaun brannte Licht.

Im Sommer 74 krönten wir die Mutproben mit der Besteigung des Aussichtsturms an der Außenfassade am nahegelegenen Fluss. Wir hatten schmale, nur einen Fuß breite Furten überquert, waren bis in die Kronen des Ahorns gestiegen, dort, wo nur noch der Wind sein Spiel mit uns treiben konnte, an die Stelle, wo letzte Ausläufer in den Himmel ragten. Hier war man frei und Herrscher über die Natur.

Wir machten Feuer am Ufer und brieten uns Kartoffeln, verfolgten uns gegenseitig im mannshohen Gras zwischen wildem Rhabarber und Pferdekümmel. Die Knie verschorften; wir hatten Narben, wie sie nur erprobte Kämpfer tragen. An den Händen bildete sich Hornhaut von den Rinden der Bäume.

Eines Nachmittags, die Zobelfamilie war zu Verwandten verreist, begab ich mich allein in die Wildnis. Zunächst sondierte ich wehmütig unsere Lagerplätze, die Stellen, die nur wir kannten, geheime Verstecke, danach die Orte, an denen wir Mutproben durchgeführt hatten. Ich ließ in meiner Einsamkeit Revue passieren, was sich hier alles zugetragen hatte, wich geschickt den Brennnesseln aus, kostete von wilden Brombeeren. Schließlich lenkten mich meine Schritte noch zu der alten großen Weide am Ufer.

Dort stieß ich auf diesen fremden Jungen. Er war schmächtig, schwarzhaarig, ungefähr in meinem Alter und starrte an dem gewaltigen Baum empor. „Was treibst du hier?" fragte ich.

„Ich seh mir die Gegend an."

„Wohnst du in der Nähe?"

„Nein, ich bin bei meinen Großeltern über die Sommerferien da. Dort." Er wies mit der Hand auf einen Häuserblock jenseits des Flusses.

„Wie bist du hergekommen?"

„Auf dem Pfortensteg." Er sah nach rechts.

„Jaja, das ist ein Zugang", nickte ich. „Aber an deiner Stelle würde ich mich hier nicht so oft blicken lassen."

„Wieso?"

„Es ist gefährlich. Man nennt das hier ‚die Wildnis'." Der Junge schwieg.

„Ich kenn mich aus. Das ist unser Revier. Ich hab Freunde",
sagte ich großschnäuzig.

„Na, geh ich eben wieder." Er winkte ab.

„Halt!. Kannst du klettern?"

„Ich denke schon."

„Komm mit. Ich will dir was zeigen. Wie heißt du?"

„Holger."

„Gernot", sagte ich. –

Die Zobels fehlten mir, und so weihte ich Holger in die
Geheimnisse unserer Refugien ein. Er war sehnig, schnell und
stellte sich gut an beim Erklimmen von mir auserkorenen
Bäumen. Wir setzten uns in den Verstecken zusammen und
bereiteten uns Lager, die wir mit Gras auspolsterten. Dort aßen
wir wilde Birnen und probierten Zigaretten, die ich im Laden an
der Ecke geklaut hatte. Bei den Mutproben erwies er sich als
verwegen, bis ich mit ihm noch einmal zu der alten Weide ging.

Sie war riesig, und ihre Äste hingen in Ufernähe bis in den Fluss,
und teilweise ragten sie auch über den Trampelpfad, den wir im
Laufe der Zeit angelegt hatten.

„Hier bist du mal hoch?" fragte Holger.

„Allerdings. Das ist enorm schwierig. Schafft nicht jeder." Wir
sahen hinauf zu einem vier Meter über uns hängenden starken
Ast, der mit seinen Blättern wie ein Kranarm den Pfad bedeckte.

„Hinauf geht's noch, aber der Abstieg..."

Holger überschaute die Entfernungen vom Boden zum Ast; sein
Blick glitt vom Stamm zum Ausläufer. „Würde ich mir zutrauen",
meinte er.

„Das ist unser Meisterstück gewesen. Dagegen ist selbst der
Turm ein Witz. Da konnte man die Steinsegmente gut ausnutzen.

Aber hier kommt es auf Kleinigkeiten an."

„Ich versuch's", sagte Holger und ging zum Stamm der Weide.

„Aber sei vorsichtig", mahnte ich. „Da oben bist du allein."

Holger näherte sich dem mächtigen Stamm und berührte ehrfürchtig die Rinde. Dann griff er zunächst nach einem tiefliegenden Stummel und zog sich hoch. Von dort erreichte er den ersten Ast mit der Linken und konnte sich mit dem rechten Fuß auf dem Stummel abstützen. Jetzt war es leichter, nach oben zu kommen. Holger war am vier Meter hohen Hauptast angelangt und begann, an ihm entlang zu klettern, ihn zu überwinden, das, was den Reiz des Baumes ausmachte. Er schob sich an den Seitenzweigen entlang, welche hier noch die entsprechende Stärke besaßen, um seinen Körper zu halten.

Von unten war diese Höhe nichts Besonderes, aber wenn man oben ist, sieht alles anders aus. Der Abgrund scheint schwindelerregend. Holger war jetzt an der Stelle, die die Zobelbrüder und ich bereits gemeistert hatten. „Alle Achtung", rief ich hoch. „Du hast es wirklich drauf."

„Das ist gigantisch", echote Holger.

„Nun komm wieder runter", forderte ich ihn auf.

Holger überschaute den Weg, wandte den Kopf und sah zum Fluss, dessen träge Wassermassen durch die Weidenzweige erkennbar waren. „Du musst jetzt rücklings wieder runter", riet ich. „Anders geht's nicht."

„Jaja", sagte Holger und versuchte langsam, sich auf dem hier schon dünnen Ast zurückzuziehen. Doch plötzlich befiel ihn ein Zittern. „Vorsichtig", rief ich. Holger verharrte. „Wir waren auch in dieser Situation", sagte ich, „nur Mut." Holger unternahm einen erneuten Versuch. Dann rutschte er mit einem Bein ab und konnte sich gerade noch festklammern und hochziehen. „Scheiße", fluchte er, „wie soll ich das machen?"

„Ganz behutsam. Mit den Beinen nach den Zweigen tasten und die Hände auf dem Ast lassen."

„Das sagst du so einfach. Los, hol mich runter. Ich glaub nicht, dass ich das allein schaffe."

„Du bist verrückt", sagte ich. „Na gut."

Ich kletterte ebenfalls hoch. Als ich Holger erreicht hatte, hielt ich ihn am Bein fest. „Nun die Hand loslassen und zurückgreifen."

„Irgendwie ist mir schwindlig", sagte er.

„Los, Mut jetzt. Wir schaffen das."

Holger ließ die Hand los. „Nicht nach unten sehen", warnte ich. Plötzlich umklammerte er wie ein Irrer wieder den Hauptast. „Das funktioniert nicht", sagte er weinerlich. „Ich kann nicht zurück. Ich hab Angst."

„Scheiße", sagte ich nun auch. „Was soll ich machen? Vertraust du mir nicht?"

„Ich weiß nicht. Wenn ich jetzt dumm abrutsche, hänge ich an diesem Ast und fall runter. Du wirst mich nicht hochziehen können. Ich brech mir alle Knochen."

„Was schlägst du vor?"

„Besorg eine Leiter."

„Wo soll ich jetzt eine derart hohe Leiter herkriegen?"

„Besorg eine!" schrie Holger. „Lass mich hier nicht hängen!"

„Okay!" schrie ich und kletterte hinab. Ich war völlig ratlos. Unten angekommen, rief ich noch zurück: „Ich beeil mich. Halt durch."

Ich bahnte mir einen Weg durch das mannshohe Gras. Die Sträucher schlugen mir ins Gesicht; ich zog mir blutige Striemen zu. Mir war eingefallen, dass die Zobels eine große Leiter besaßen, die ständig an der rückwärtigen Wand ihres Anwesens lehnte. Vielleicht konnte ich sie bis hier herunter tragen. Kein noch so hoher Zaun würde mich davon abbringen. Ich konnte das in gut fünfzehn Minuten schaffen.

Doch mitten im Lauf stoppte ich. Beinahe wäre ich mit drei Typen zusammengeprallt, die sich mir in den Weg stellten. Zwei von ihnen schienen älter als ich und trugen Stöcke und Knüppel in den Händen. Ein Dritter hielt sich im Hintergrund. Einer stellte mich zur Rede, offenbar ihr Anführer, ein kräftiger semmelblonder Kerl: „Was willst du hier?"

„Ich brauch Hilfe", sagte ich kleinlaut, „ein Kumpel von mir ist auf einem Baum und kommt nicht herunter. Ich muss eine Leiter holen."

„Erzähl hier keine Märchen", sagte er. „Das ist unser Revier."

„Ich hab euch noch nie hier gesehen."

„Du hast wirklich Mut, mir das ins Gesicht zu sagen", meinte der Typ. „Für diese Frechheit gibt's eine in die Fresse."

„Ihr seid zu dritt", erwiderte ich in meiner Verzweiflung.

„Das mache ich mit dir allein aus", sagte er.

„Ich brauche Hilfe", bat ich neuerlich.

„Hast du Geld dabei?" fragte ein anderer, sein schlaksiger Vasall.

„Was will ich hier mit Geld?" sagte ich.

„Ich seh schon, es hat keinen Sinn", wandte der Anführer ein, „ich frage noch mal, was hast du hier zu suchen?"

„Mein Kumpel hängt dort im Baum..."

„Hör mit diesem Scheiß auf", drohte er.

„Es ist aber so", widersprach ich, „wir haben hier alles erklettert, was es gibt, und wenn die Zobels wiederkommen, dann gnade euch Gott." Ich zitterte vor Zorn.

Dann kam der erste Schlag, unvermittelt, mitten ins Gesicht. Er warf mich zu Boden. Die anderen traten mir in die Rippen und drohten: „Wenn du hier noch einmal auftauchst, kommst du nicht so davon."

Dann entfernten sich die drei in Richtung des Flusses. Ich blieb eine Weile liegen, doch offenbar war nichts gebrochen, auch schienen die Zähne noch heil. Es dauerte, bis ich mich erheben konnte und weiterging. Ich wollte mich nach Hause schleppen und fing an zu weinen.

Meine Lenden taten mir weh von den Tritten dieser Typen. Ich fühlte mich nicht mehr in der Lage, diese Leiter zu organisieren. Ein paar hundert Meter von meinem Elternhaus entfernt, beschloss ich kehrt zu machen, mit dem irrwitzigen Gedanken, Holger nun doch selbst von der Weide herunterzuholen.

Die Typen würden sich sicherlich längst verzogen haben. Im Gras war niemand zu sehen. Doch als ich an den Weg kam, an dem die Weide thronte, sah ich einen Krankenwagen. Ich begriff und begann, mich zu verfluchen. Eine Menge Schaulustiger hatte sich am Fuß des großen Baumes versammelt. Auf dem Ast war niemand mehr.

Holger konnte ich nirgends entdecken; offensichtlich war er bereits im Wagen. Durch einen schmalen Schlitz im Fenster sah ich, dass sich Nothelfer um jemand bemühten. Ich begann zu zittern. Es musste sich um Holger handeln. Er hatte vergeblich auf mich gewartet und ich war nicht gekommen.

In den Augen der Umstehenden spiegelten sich Neugier und auf gewisse Weise Teilnahmslosigkeit. Da nun der Verunglückte den Blicken der Gaffer entschwunden war, begann das Interesse zu erlöschen. Die Leute zerstreuten sich. Ich zupfte einen älteren

Mann am Ärmel: „Was ist passiert?"

„Ein Junge ist hier vom Baum gestürzt."

„Schwer verletzt?"

„Ich weiß nicht", sagte er, „ich bin auch erst jetzt dazugekommen. Warum, hast du was damit zu tun?"

Ich errötete. „Nein, aber – wenn es ein Junge ist", stotterte ich.

Eine Frau wandte sich zu uns, schon im Gehen begriffen. „Wenn er aus dieser Höhe gefallen ist, dann wird das wohl nichts mehr mit dem Laufen, wenn er es überhaupt schafft."

Ich blieb zurück und ließ die anderen davonziehen. Der Krankenwagen entfernte sich. In mir vibrierte alles. Ich hatte an diesem Unglück Schuld.

Ich ging noch einmal zu der Weide zurück, die schweigend und unbewegt thronte. Drüben am Pfortensteg sah ich drei Leute am Geländer lehnen, auf die Entfernung schlecht zu erkennen. Sie stierten zu mir herüber. Ich dachte an die Typen, die mich an meiner Mission gehindert hatten, brach durch das Gras und machte mich auf den Heimweg. –

Noch eine Woche verging, in der ich mir bis in die Nacht hinein Vorwürfe machte. Ein Junge, den ich kaum kannte, hatte durch mein Zutun und meine Ermutigung einen Unfall gehabt, der seine Gesundheit sehr in Mitleidenschaft gezogen hatte und der sein Leben höchstwahrscheinlich tiefgreifend verändern würde. Ein Junge, dessen Kindheit ich wohl von heute auf morgen schlagartig beendet hatte. Die Worte der Frau fielen mir wieder ein, und ich wusste damals schon, was eine Querschnittslähmung ist.

Ich sah Holger vor meinem geistigen Auge in der Weide hängen, auf mich harrend, auf meine Hilfe hoffend. Irgendwann dachte er wohl, ich hätte mich einfach aus dem Staub gemacht, verlor die Hoffnung und den Halt. Ihm schwindelte und er fiel, vier Meter tief... –

Meinen Eltern fiel die Lethargie auf, in die ich mich vergrub, aber ich hielt dicht. Was hätte es wohl gebracht, mich zu offenbaren?

Dann kehrten die Zobels zurück, und mein Leiden hatte vorerst ein Ende. Ich begrüßte die Brüder inbrünstig und zerrte sie förmlich in unser Versteck am Fluss.

Steffen und Jens Zobel schienen mir nach den zwei Wochen ihrer Abwesenheit merkwürdig gereift und verändert. Das strohige blonde Haar, das beiden zu eigen war, zurückgeschnitten, offenbar eine elterliche Maßnahme, befremdete mich. Und doch waren sie sich treu geblieben. Im Versteck begann ich zu schluchzen und erzählte die ganze Geschichte. Sie trösteten mich, klopften mir auf die Schulter und ich weiß seit dieser Zeit, was Freundschaft bedeutet.

Steffen, der etwas älter war als Jens, verteilte mitgebrachte Zigaretten. „Mach dir keine Gedanken, Gernot. Du weißt nicht, was wirklich passiert ist. Und du hast getan, was möglich war. Unsre Leiter hättest du übrigens nie gefunden. Vater hatte sie weggeschlossen. Und nicht zu vergessen diese Typen, die dich zusammengewichst haben." Er sah zum Fluss. „Von wo sind die denn gekommen?"

„Aus der Richtung." Ich wies nach Süden. „Sie müssen direkt an unserem Versteck vorbeimarschiert sein, in dem wir hier sitzen. Und dann sind sie zur Weide. Nach Norden."

„Und bis dahin hast du die noch nie gesehen?" fragte Jens.

„Nein. Der eine, der Wortführer, war blond und stämmig, ein aggressiver Typ, der andere, auch ein Blonder, lang und schlaksig. Der dritte hielt sich mehr im Hintergrund, hatte dunkles Haar und war schlank."

„Und die behaupteten, das wäre ihr Revier?" fragte Steffen.

„Ja."

„Wie alt schätzt du sie?"

„Ein, zwei Jahre älter."

„Kein Grund zur Panik", meinte Steffen. „Alles eine Frage der Taktik. Wir müssen die Gegend beobachten." Er lächelte. „Denn das hier ist *unser* Revier. Hier kennen wir uns schließlich aus."

„Das sind Neulinge", pflichtete Jens ihm bei. „Großfressen." –

Das warme Wetter hielt an. Wir gingen wechselnd auf Posten am Aussichtsturm. Das alles lenkte mich von Holger ab. Am dritten Tag berichtete Jens, dass er die Typen unten am Fluss gesehen hätte. Die Beschreibung passte. Wieder waren sie von Süden her aufgetaucht, liefen in Richtung der Weide an unserem Versteck vorbei und rasteten dort. Dann verschwanden sie über den Pfortensteg Richtung Stadt.

An einem trüben Tag entwarf Steffen den Schlachtplan. Er wollte Rache, weil diese „Barbaren", wie er sie nannte, mir so übel mitgespielt hatten. Zu unserem Versteck führte über den Fluss eine schmale Furt, die wir täglich überqueren mussten, ein dünner Stahlträger. Wir sägten ihn in der Mitte fast ganz durch; dazu mussten wir in die Fluten steigen, die uns heuer bis zum Nabel reichten. Der Fluss machte danach eine Biegung und führte seine Wasser zur alten Weide. Das dazwischenliegende Gebiet war das bewusste, von riesigen Grasstengeln bewachsene Terrain, durch das sich die Barbaren ihren Weg gebahnt hatten. Dort trampelten wir einen bequemen Pfad zurecht und hoben eine Grube aus, nicht so tief, dass man sich ernsthaft verletzen könnte, und bedeckten sie mit einem Geflecht aus niedergedrückten Binsen. Im Übrigen besorgten wir Stricke. - In den Sommerferien ist alles anders. Die Schule rückt in eine unwirkliche Ferne. Man ist frei und kämpft doch gegen merkwürdige Feinde. Warum konnten diese Typen nicht die riesige Wildnis mit uns teilen? Warum mussten sie die ganz allein für sich beanspruchen? –

In der letzten Ferienwoche warteten wir beständig in unserem Refugium auf die Eindringlinge. Das Wetter hatte sich gebessert; Grund genug, dass die drei wieder aufkreuzten.

Und sie erschienen, wie aus dem Nichts. Jens erschreckte uns durch einen schrillen Pfiff. Steffen stürzte aus dem Versteck an das Ufer und bedeutete Jens und mir, sich zurückzuziehen. Wir entfernten uns durch den Hinterausgang aus Zweigen und Gesträuch in Richtung Grasebene.

Die drei bauten sich drüben an der Furt auf und glotzten. Steffen beobachtete sie nur und rauchte seelenruhig eine Zigarette. „Bist du etwa ein Zobel?" fragte höhnisch der Stämmige Blonde.

„Die sind auch hier!" sagte Steffen. Der Blonde überflog mit einem Blick die fünf Meter Fluss. „Du fühlst dich wohl recht sicher?"

„Ja. Kann man sagen. Ihr könnt ja rüberwaten. Ist nicht tief."

„Du meinst, wir trauen uns nicht über den Steg?"

„Das schafft nicht jeder. Den Ersten, der kommt, stoß ich aus dem Anzug."

„Gebt mir Feuerschutz", verlangte der Blonde und betrat den Steg. Die beiden anderen, der Schlaksige und der Dunkelhaarige suchten nach Steinen. Steffen zog sich zurück in das Versteck. „Und ihr meint, das sei euer Revier?" rief der Blonde. „Und ob es das ist", kam die Antwort aus der Laubhütte. „Seit Jahren. Wir kennen hier jeden Meter Boden. Was wollt ihr eigentlich?"

„Wir wollen das Gebiet für uns..." Dann ging alles sehr schnell. In der Mitte des schmalen Flusses brach wie erwartet der Steg. Der Blonde klatschte ins Wasser und prellte sich den Knöchel. Er griff mit schmerzverzerrter Miene zu seinem Fuß. „Na los! Was steht ihr wie versteinert?" fuhr er seine Kameraden an. „Rüber, durch! Volker, hilf mir raus!" Der Dunkelhaarige glitt in das Nass.

„Macht's gut, Freunde!" rief Steffen und entfernte sich.

„Du verfolgst ihn!" befahl der Blonde seinem schlaksigen Kumpel, der daraufhin ebenfalls durchs Wasser watete. „Wir kommen gleich nach. Ich hab eine Stinkwut." Der Schlaksige erklomm als Erster das Ufer und rannte, nun auch in Zorn geraten, dem Flüchtigen nach. Volker half dem Blonden, dessen Knöchel zu bluten begann, aus den trüben Fluten. „Egal, wir gehen hinterher!" befahl dieser und humpelte im Arm von Volker weiter.

Der Schlaksige stieß indessen auf unseren vorbereiteten Trampelpfad, der nur allzu bequem zu durchqueren war. Steffen hatte uns längst eingeholt und war auf dem Weg zur alten Weide. Wir lauerten dem Erstbesten auf, der hier an der Grube auftauchte und ließen uns sogar blicken. Als der Schlaksige erschien, stutzte er zunächst; doch er war groß, älter und wollte es mit uns aufnehmen. Doch die Grube gebot ihm Halt. Es klappte wie am Schnürchen. Er knallte tatsächlich in das präparierte Loch. Jens und ich nutzten das Überraschungsmoment und überwältigten ihn. Mit einem Strick, den wir hier gebunkert hatten, fesselten wir den langen Kerl, der sich eine Weile wehrte und dann doch aufgeben musste. Schließlich erschien der Blonde, humpelnd trat er mit Volker aus dem Dickicht. Steffen, der das Warten nicht mehr ertragen konnte, brach auch noch in diesem Moment durchs Gesträuch, von der Weide zurückgekehrt, um nach dem Rechten zu sehen.

Doch nun wich der getreue Volker von seinem Fürsten und suchte das Weite. „Du Schweinehund, du feiger!" schrie der Blonde. Doch nichts half mehr. Der Schlaksige lag gut geknebelt in den Binsen und wir zerrten den sich windenden gehandicapten Blonden zur Weide. Steffen hatte am Hauptast ein Seil befestigt, dessen Schlinge einen Meter über dem Erdboden baumelte. Wir schleiften unseren Delinquenten unter den Baum und legten ihm das Seil um den Hals. Steffen war völlig emotionslos.

„Was ihr ihm", er wies auf mich, „angetan habt, ist nicht zu verzeihen. Zu dritt gegen einen."

„Nicht aufhängen! Seid ihr wahnsinnig?" schrie der Blonde.

„Du wirst diese Gegend nie wieder betreten", sagte Steffen. „Und du willst die Zobels bestimmt nicht kennen lernen. Wir sind nur die Vertretung bei Abwesenheit." Er entfernte dem Blonden die Schlinge und sagte. „Geh jetzt! Wir lassen Gnade walten." –

Die Typen ließen sich nicht wieder blicken. Noch oft ging ich zu der alten Weide. Alles hatte mir Angst gemacht, wenn es um diesen Baum ging, das Erklettern, dann Holger, die Sache mit dem Blonden. Es war nur ein Baum, dessen traurige Zweige bis in das Wasser des Flusses hingen.

Und die Schuld lässt mich nicht los. Die Schuld am Schicksal Holger Bregeleins.

„Jetzt wissen wir's", sagte Liane nach längerem Schweigen.

„Ja", fügte ich hinzu. „Davor läuft er davon."

„Er hat keine Schuld in dem Sinne", stellte sie fest. „Wenn dieser

Bregelein da hochklettern wollte, dann hat er es eigenverantwortlich getan."

„Aber, Liane, du weißt doch, wie das ist, wenn man mit drinhängt, macht man sich Vorwürfe."

„Stimmt auch wieder. Dazu waren sie noch Kinder."

„Und dieser Vorfall", sagte ich, „hat ihn sein weiteres Leben begleitet, bis er ihn sich von der Seele geschrieben hat."

„Aber erst, als er Bregelein wiedersah. Merkwürdigerweise hat Ebeling auch noch dessen Vater versorgt."

„Und das gab den Ausschlag für Ebelings Verschwinden. Vorgebaut hatte er ja schon in Bezug auf seine Patricia."

„Wobei ich diese Kuppelei, die ihm überdies noch sehr wehtat, nicht verstehe. Wenn eine Frau liebt, ist es ihr egal, ob ein Mann Geld hat oder nicht."

„Das kann sich mit der Zeit ändern", wandte ich ein. „Frauen wollen auch Sicherheit."

„Wenn ein Mann sich aber alle Mühe gibt, achtet das eine Frau. Und sie hatte ja nichts an ihm auszusetzen."

„Und warum inserieren dann alle Frauen, die einen Partner suchen, mit der Bemerkung: finanziell unabhängig?" Ich wurde hitzig. „Womöglich noch: Haus kein Hindernis?"

„Du verwechselst da etwas", beschwichtigte Liane. „Da handelt es sich zumeist um Frauen, die nicht mehr so jung sind und keinen Stress wollen."

„Insofern ist Ebeling ein Novum", sagte ich.

„Das ist er vielleicht. Edle Motive, aber er hätte besser kämpfen sollen."

„Er hatte das Gefühl, an allem Schuld zu sein. Wir haben ja seinen Lebenslauf gelesen. Seine Verwandtschaft, seine Frau, die Lebensweise eines Underdogs, dann noch die alte Geschichte mit Bregelein. Er brach aus." Wir schwiegen wieder.

„Und nun?" fragte Liane. „Nun ist er in Schweden."

„Ja. Grund genug, Bregelein hierher einzuladen. Ich habe mir seine Adresse gemerkt."

„Du spinnst."

„Wieso? Wir erzählen es ihm. Ebeling hat einen Teil der Schuld, die ja wohl nur zu fünfzig Prozent besteht, mit der Pflege von Bregeleins Vater abgetragen. Außerdem wollte Bregelein junior ihn ja unbedingt kennen lernen."

„Wir spielen also wieder einmal Schicksal. Wir mischen uns ein in das Leben anderer Menschen."

„Wir", sagte ich, „sind nur der Katalysator. Durch uns entwickeln sich die Dinge."

Ein Monat war schon seit Bregeleins Anfrage vergangen, aber ich antwortete ihm nun und lud ihn ein mit dem Verweis, ein Freund Ebelings zu sein. Dieser wäre in dieser Hinsicht ein wenig zurückhaltend und hätte lediglich   Berührungsängste. Zugegeben, eine Gratwanderung; aber ich wollte Holger den inneren Konflikt, den Ebeling durchgemacht hatte, offerieren.

Es verging eine Woche, dann traf dieser seltsame Mann in Dierendorf ein. Bregelein fuhr tatsächlich im Rollstuhl vor; wir begrüßten ihn an der Tür etwas übertrieben herzlich und stellten uns als die Wirtsleute vor. Er sollte sich gleich wie zu Hause fühlen. Wir hatten Ruhetag, doch als Pensionsgast wiesen wir ihm ein ebenerdiges Zimmer zu; er könne erst mal auspacken, sich frisch machen. Ob er Hilfe bräuchte, nein, das sei unnötig, er käme schon zurecht.

Bregelein hatte nur eine Reisetasche mit, die er auf dem Rollstuhl mit sich trug. Als er die Tür hinter sich schloss, sann ich nach. Wie nun beginnen?

Nach etwa einer Stunde kam er gepflegt und umgekleidet zum Abendessen. „Das ist alles kein Problem für mich", sagte er, „ich lebe seit ungefähr dreißig Jahren mit dieser Behinderung. Bei mir sitzt jeder Griff. Machen Sie sich keine Sorgen." Bregeleins Habitus wirkte eindrucksvoll, scharf geschnittene Gesichtszüge, aufmerksame Augen, die alles bemerkten, dunkles kurzes Haar. Nach dem Essen verschwand Liane in der Küche. Jetzt sollte ich agieren. Ich holte zwei Bier und wir stießen an.

„Herr Bregelein..."

„Holger", unterbrach er mich.

„Okay, ich heiße Konrad." Ich holte erneut Luft.

„Wenn wir schon reden", sagte Bregelein, „und sind im ungefähr gleichen Alter, können wir uns auch duzen."

„Das kann ich nur befürworten."

„Lass mich das Gespräch beginnen, Konrad", nahm Bregelein mir erneut den Wind aus den Segeln. „Ich stelle fest, dass Gernot nicht nur Berührungsängste hat, sondern gar nicht da ist."

„Ja, er ist nicht da."

„Du bist sein Vertreter."

„Ja, und nein. Das ist eine längere Geschichte, die ich dennoch erzählen möchte. - Gernot Ebeling", begann ich, „hat deinen Vater gepflegt. Ich denke, dass das aber auch alles ist, was du von ihm weißt."

„Ja, deshalb reiste ich hier an", sagte Bregelein, „um mehr über ihn zu erfahren. Nun hast du mir auf meinen Brief geantwortet, und Gernot ist – wo?"

„Er ist nach Schweden gezogen, ausgewandert praktisch. Aber, ich kann dir das plausibel machen", stotterte ich.

Und dann erläuterte ich Bregelein die ganze Sache, sprach von der Beräumung der Wohnung, dem Manuskript von Ebeling, das ich fand, (bei dieser Bemerkung horchte er auf), dessen Flucht an die Ostsee, dem neuen Leben Ebelings; wie wir nach ihm forschten und uns dann einmischten, wie er sich mittels Fortsetzung des Manuskripts mir gegenüber fast offenbarte, seiner erneuten Flucht, wie es mir schien, nach Schweden, unserer Übernahme des Lokals, und schließlich von der Erzählung „Die Weide am Fluss".

Hier wurde Bregelein ganz starr und noch ernster. Ich machte ihm klar, dass Ebeling seit Kindheitstagen unter einem inneren Konflikt litt, dass ihn das Geschehnis an der Weide nie losgelassen hatte, dass er Bregeleins Vater völlig zufällig im Heim kennen gelernt hätte, und erst, als er ihn, Holger, erkannte, dann alle Brücken hinter sich abbrach, weil er sich in tiefer Schuld wähnte, der Schuld von damals, weil er seinen Kumpel nicht vom Baum holen konnte. Es stünde alles im Manuskript, er könne es nachlesen, auch, dass Ebeling an der Rettung gehindert worden sei. Doch die Selbstvorwürfe waren geblieben.

Bregelein schwieg lange und starrte nachdenklich auf das Tischtuch. Dann fragte er schwerfällig: „Das war also der Junge, der Hilfe holen wollte? Die Welt ist doch klein."

„Gernot Ebeling", sagte ich, „er konnte dir damals nicht mehr helfen und half dreißig Jahre später deinem Vater, im Heim ein erträgliches Dasein zu führen."

„Nun ist er nicht da", bedauerte Bregelein. „Dann muss ich es *dir* erzählen, Konrad, was an der Weide noch geschah. Wenn ich diesen Gernot nicht treffen kann, dann schreibe es ihm oder schildere es ihm bei einem Besuch. Viel Zeit habe ich nicht. Ich bin Verleger und muss bald zurück. Das ist ein Beruf, den ich auch im Sitzen ausüben kann."

„Das werde ich tun, mit Sicherheit", sagte ich.

Liane kam aus der Küche und schickte sich zum Gehen. Wir verabschiedeten sie. „Ich geh zu Sophie", sagte Liane. „Ihr habt bestimmt noch viel zu bereden. Herr Bregelein." Sie reichte ihm die Hand.

Holger lächelte plötzlich. „Dann bin ich ja praktisch in Gernots Schuld. Wenn ich das gewusst hätte, dass er sich das so zu Herzen nimmt. – Es lief so ab:

Ich blieb eine Weile auf dem Baum hängen und dachte ängstlich über mein Schicksal nach, als da drei Kerle aus dem Gras kamen. Sie glotzten an der Weide hoch zu mir und lachten. Da war so ein stämmiger Typ, der bemerkte: ‚Der Spinner hat ja Recht gehabt, er hängt hier.'

‚Helft mir bitte', flehte ich.

‚Es ist noch keiner oben geblieben', sagte sein Nachbar, ein langer schlaksiger Junge.

‚Warum bist du hier hoch?' fragte der Stämmige.

‚Es war eine Mutprobe. Helft mir. Mein Kumpel ist schon los, aber ich weiß nicht, ob er es schafft, wegen einer Leiter.'

‚Dein Kumpel liegt hinten im Gras. Das ist unser Revier. Wie oft muss ich das heut noch sagen', meinte der Stämmige barsch.

‚Volker', wies er an und wies auf den Baum. Der Dritte von denen, ein kleinerer dunkelhaariger, schritt auf den Stamm zu, kletterte am Stummel hoch und an den Hauptast. ‚Komm, mach

Fallobst, das wollen wir sehen', forderte der Wortführer. Der Dunkelhaarige verharrte zweifelnd, bis der Stämmige seinen schlaksigen Gefährten anstieß. ‚Unterstütz ihn doch mal, Henry.' Auch dieser kletterte noch hoch.

‚Was ist los, ich hab euch nichts getan!' schrie ich.

‚Schütteln', rief der Stämmige. ‚Das wird unser Reich. Auch diese Weide, und der Fluss!' schrie er nun auch. ‚Ich will dieses Gebiet haben. Dann können wir in Ruhe hier angeln.'

Das war das Letzte, was ich hörte. Dann rüttelten sie; ich wurde völlig panisch und konnte mich nicht mehr halten. Ich fiel. Diese vier Meter werde ich nie vergessen."

„Warum hast du diese Typen nicht angezeigt?" fragte ich. „Immerhin, Querschnittslähmung, vermute ich."

„Richtig, weiß Gernot das?"

„Ich denke schon. Er kam zurück zur Unglücksstelle, nachdem ihn genau diese drei Typen vorher vermöbelt hatten. Er hätte dich ohnehin nur durch die Feuerwehr retten können. Aber da war es schon zu spät. Man hatte dich schon in einen Krankenwagen verfrachtet. - Also, warum keine Anzeige?"

„Du weißt nicht, wie das ist. Ich lag sehr lange im Krankenhaus. Ich hab alles verdrängt und wollte vergessen.

Wie gesagt, war ich auch nur zu Gast in den Ferien. Meine Eltern überwarfen sich mit Großvater; ich wurde dann in das Krankenhaus meiner Stadt verlegt. Es kam auch zu einer Anzeige, aber die Ermittlungen verliefen ergebnislos. Man fand ohnehin, dass es sich um einen Dummejungenstreich oder um eine Erfindung meinerseits handelte und ging der Sache nicht weiter nach. Kurz gesagt, sie versickerte im Sande."

„Das tut mir leid", sagte ich. „Aber Ebeling hat in seinem

Manuskript ein weiteres Kapitel niedergeschrieben, denn als seine Busenfreunde, zwei Brüder, aus einem Urlaub mit ihren Eltern zurückkehrten, beichtete er alles und sie sannen gemeinsam auf Rache."

„Ach was", sagte Bregelein."

„Ja, es ging noch weiter. Offenbar bevor die Polizei aktiv wurde. Es kam zum Kampf zwischen den drei Typen und Ebeling mit den Seinen. Deine Peiniger wurden beobachtet, und die Brüder bereiteten Fallen und einen Überraschungsangriff vor. Der Plan ging auf. Einer wurde gefesselt, einer türmte und den Rädelsführer überwältigten sie und demütigten ihn an der bewussten Weide. Die kamen nie wieder."

„Na ja, nicht übel. Aber da ging es wohl eher nicht um mich, sondern um Revierstreitigkeiten."

„So sehe ich das auch, aber ein klein wenig hat er dich gerächt, auf Kinderart eben." Bregelein nickte. „Zapf mal bitte noch eins", bat er. „Ich bin am Zug."

Auf dem Rückweg von der Theke sah ich ihn reglos in seinem Rollstuhl hocken. Er hatte einen durchaus kräftigen Oberkörper, der wohl aus der Beanspruchung der Arm- und Brustmuskeln resultierte. Vielleicht hatte Bregelein auch Fitness betrieben. Ich setzte mich zu ihm.

„Es dauerte eine Ewigkeit", begann er, „bis ich mich im Alltag wieder zurechtfand. Ich landete also in diesem Gefährt." Er wies nach unten. „Die Welt wurde anders. Ich musste mir bei fast allem helfen lassen, bekam Privatunterricht, denn als Behinderter war der Besuch einer normalen Schule ausgeschlossen. Nun, wenn man gelähmt ist, geht schon noch einiges, aber man kann eben nicht mehr so, wie man will.

Ich fühlte mich klein, wehrlos, hilflos. Ich konnte nicht mehr laufen, und da begriff ich erst, was Freiheit bedeutet. Alle sahen zu mir herab, mitleidig, barmherzig. Ich wurde ja auch älter, und die anderen Jugendlichen gingen tanzen, ließen die Sau raus. Ich saß in meinem Zimmer und sah aus dem Fenster; das war das Tor zur Welt, einem Geschehen, an dem ich nicht teilhaben konnte. Der Fernseher wurde zu einem zweifelhaften Freund, denn auch dort stellte ich nur Bewegung fest, Rastlosigkeit, Tempo. Filme mit Helden schaltete ich ab, ich wollte kein Fußballspiel mehr sehen. Ich las viel, denn da sieht man nur vor dem inneren Auge die Szenerie, sie ist gleichsam eingefroren; in Büchern geht es langsamer voran. Dann begann ich zu schreiben."

„Und heute bist du Verleger", bemerkte ich.

„Ja, das schon, aber das war ein langer Weg. Ich weiß, du willst mich optimistisch stimmen. Das wollten auch damals alle. Und doch kann sich nie jemand in einen Kranken hinein versetzen; es ist unmöglich, denn nur, wer das am eigenen Leib durchmacht, kann mitreden.

Nun, als ich erwachsen wurde und meinen Facharbeiterbrief für Schreibtechnik erhielt, den es damals noch gab, zog ich in eine eigene Wohnung. Ich hatte mich an meinen Zustand gewöhnt und eine Menge Tricks und Kniffe drauf, die man in so einer Lage entwickelt.

Als ich sechsundzwanzig wurde, kam die Wende. Alles befand sich im Aufbruch, und wieder wurde mir schmerzlich bewusst, dass ich nicht daran teilhaben, sondern immer nur im Fernsehen diesem Massenexodus beiwohnen konnte, dieser Stimmung, als das Volk seine Begeisterung herausschrie. So brüllte ich vor dem

Monitor, wie ein verletztes Tier, das man zurückgelassen hatte, so wie damals, als Gernot eine Leiter holen wollte.

Das nächste Problem waren die Frauen. In meiner Jugend hatte ich keine Chance, aber jetzt hoffte ich, einen Fuß auf den fahrenden Zug zu bekommen. Längst war ich bei einer renommierten Zeitschrift unter Vertrag, galt sogar ob meiner Behinderung als Exot und hatte schon viel geschrieben. Auch die Möglichkeit einer Veröffentlichung tat sich nun auf. Dort lernte ich eine junge Frau kennen, die mir zugetan war. Wir trafen uns zum Essen; ich war schüchtern, doch sie erwies sich als einfühlsam und wir redeten viel. Auf meine irgendwann folgenden Zärtlichkeiten reagierte sie etwas zurückhaltend. Als sich diese Szenen wiederholten, stellte ich sie zur Rede. Da eröffnete sie mir durch die Blume, es sei vielleicht doch nicht so gut, dass wir ein Verhältnis eingingen. Ich entgegnete, ich sei ein vollwertiger Mensch und trotz meiner Lähmung im Besitz der Manneskraft.

Doch es wurde nichts daraus. Viel später, sie entschuldigte sogar ihr Verhalten unter Tränen bei einem letzten Treffen, sagte sie, sie könne keine Bindung eingehen, die auf Mitleid basiere.

Ich hatte verstanden. Sie war ehrlich. Ich sah ein, dass ich keine Frau beschützen und dass sich keine Frau mit mir schmücken konnte. Ich war ein Krüppel.

Ich beschloss, mich einer Selbsthilfegruppe anzuschließen. Vielleicht würde ich auf eine Leidensgefährtin stoßen, denn auch Frauen haben Wünsche und fühlen sich wahrscheinlich noch mehr zurückgesetzt. Jede Frau braucht Liebe, möchte Mutter werden, Kinder haben, jedenfalls denke ich so.

Und gleichzeitig wuchs meine Wut auf die Verursacher meines Gebrechens. Sie hatten mir das ganze Leben versaut. Deshalb stellte ich mir zur Aufgabe, diese Scheißtypen aufzuspüren, jetzt, nach so langer Zeit. Das würde mir Mut verleihen, Antrieb, es würde ein Motor sein, der mich überdies von meinem Makel ablenkte."

„Hast du eine Frau gefunden?" unterbrach ich ihn.

„Ja", entgegnete Bregelein kurz, „wir haben auch eine Tochter."

Ein leises Lächeln umspielte seinen Mund.

„Trotzdem wolltest du Rache?"

Wieder lächelte Bregelein, diesmal bitter. „Rache... - Ja, für das erlittene Unrecht."

„Obwohl ihr Kinder wart."

Er sah mich zornig an. „Kinder können grausam sein, ich weiß. Aber so etwas kann man steuern, auch in dem Alter. Und so jung waren die auch nicht mehr."

„Und doch hattest du dein Glück gefunden."

„Das stimmt. Aber ich hatte schwere Jahre, die ich nicht vergesse. Ich bin jetzt glücklich mit meiner Familie. Sehr glücklich. Doch mir passt nicht, dass dieses Vorkommnis mein Leben in eine andere Bahn gelenkt hat. Jeder will auf eine gewisse Weise seine Laufbahn selbst bestimmen, abgesehen von den Unwägbarkeiten in soziologischer und finanzieller Hinsicht. Aber das damals hatte mich verändert; man weiß nie, wie alles verlaufen wäre. Und du wirst bestätigen müssen", Bregelein hob einen Finger, „dass der Mensch von Natur aus rachsüchtig ist; aus weit eher fadenscheinigen Gründen ist er bereit, mit allen Mitteln gegen andere vorzugehen, die ihm in die Suppe spucken. Bei mir lag der Fall wohl anders. Man bekam nie heraus, wer die Urheber waren."

„Hast du es herausbekommen?"

Bregelein sah mich lange an. „Ja. Es ist eine unrühmliche Geschichte, aber was man sich in den Kopf gesetzt hat – nun, des Menschen Wille ist sein Himmelreich...

Es war so, dass ich eine Lebensgefährtin hatte und eine Tochter; es wurde ruhig, ausgeglichen, und doch rumorte etwas in meiner Seele. Es sind diese nicht abgeschlossenen Fälle im Dasein, diese Gedanken, die einen Nacht für Nacht nicht schlafen lassen, diese Gespinste, die im Unterbewusstsein ihr Unwesen treiben.

Eines Abends - ich hatte einen Film gesehen, der von Schuld und Sühne handelte - ging mir mit einemmal die Szene an der Weide durch den Kopf, wie in Zeitlupe.

Mittlerweile waren viele Jahre vergangen, doch es gibt Momente, in denen alles wieder hervorbricht. Der Film hatte mich lediglich böse an damals erinnert, aber als ich mich einige Tage später zu einer Ausstellung von DDR-Fotos begab, soll man mir nicht von Schicksal reden. Ich rollte langsam an den gerahmten Bildern vorüber; es waren Schnappschüsse von Augenblicken im Leben, eingefangen im Bruchteil einer Sekunde, von aufmerksamen Beobachtern ausgewählt. Dann blieb mein Blick an einer dieser Aufnahmen hängen. *Pressefoto 1974.* Es zeigte drei Jungen an ein hölzernes Geländer gelehnt, das als Teil einer Brücke einen Fluss überspannte.

Ich war völlig geschockt. Es waren genau diese drei Typen, die mich damals gequält hatten, als ich bei meinem Großvater in den Ferien weilte. Ich konnte meine Augen nicht mehr von dem Bild wenden; alles kam wieder hoch, ein Albtraum."

Ich hob aufgeregt die Hand und rief: „Ich habe sie gesehen, diese Typen. Genau dort, an der Brücke. Es muss tatsächlich ein Pressefotograf gewesen sein, der vor Ort war, als man dich ins

Krankenhaus fuhr."

„Und das wird Pressefoto des Jahres. Als ich mich dann allein in dem Raum wähnte", fuhr Bregelein nickend fort, „stocherte ich das Foto mit dem Regenschirm, den ich bei mir trug, von der weißgetünchten Wand. Es fiel mir in den Schoß, und ich verbarg es.

Am Abend nahm ich es in die Hand und überlegte. Das Geländer, der Fluss... Mir fiel ein, dass einer der drei eine Bemerkung hatte fallen lassen, dass sie in Zukunft hier in Ruhe angeln könnten, wenn ihnen das Gebiet in Zukunft gehören würde. Da kam mir ein wahnwitziger Gedanke. Alle Beteiligten waren jetzt wohl so Ende Dreißig, aber man würde sie am Gesicht erkennen können.

Meine Frau wollte ich nicht mit in diese Sache einweihen, es hätte sie nur beunruhigt. Ich schützte eine Dienstreise vor – als Verleger leicht zu begründen – und fuhr in die Stadt, in der mir das damals zum Verhängnis geworden war. Ja, ich habe auch einen Wagen; es ist heutzutage alles möglich. Vierzig Kilometer, das ist nicht weit, doch war ich seit diesem Unfall nicht mehr dort gewesen. Hier musste ich feststellen, dass man alles verändert hatte. Die Wildnis samt ihren Weiden und Eichen hatte man dem Erdboden gleichgemacht, das wildbewachsene Flussufer begradigt und befestigt. Ich kam mir vor wie ein Relikt aus längst verschollner Zeit. Doch hielt ich mich nicht lange auf.

Ich mietete ein Zimmer und bemühte meinen Laptop, die Angelklubs zu offerieren. Auch erinnerte ich mich der Vornamen Volker und Henry. So hatten sie sich gerufen. Das war bis jetzt unwichtig gewesen – viele hießen so - aber nun.

Und ich glaubte, Glück zu haben. Ich fand im Internet nach

längerer Suche einen Angelklub, in dem alle Mitglieder aufgelistet waren und in deren Namensaufzählung es einen Henry Kaulfuß gab. Mir stieg das Blut zu Kopf, obwohl ich damit noch gar nichts erreicht hatte. Vielleicht war er einer von ihnen. Und wie viele heißen Henry? Es gab keine Klubfotos, aber ich hatte die Adresse. Das hätte ich allerdings auch daheim herausfinden können, und ich glaubte, den Grund zu dieser Reise in der Ansammlung von Zorn zu finden.

Ich beschloss, zunächst unverrichteterdinge wieder nach Hause zurückzukehren Immerhin konnte ich dann in Ruhe diesem Angelklub einen Besuch abstatten, und als Schwerbeschädigter wird man nicht einfach abgewiesen.

Auf dem Rückweg anderntags kam ich noch einmal an dieser unheilvollen Stätte vorbei und mich erschütterte erneut die Tatsache, dass man heuer in immer schnellerem Maße und immer größerem Umfang die Vergangenheit zu planieren versucht, indem man Betonklötze hochzieht und sich überdies noch feiern lässt, die Sträucher und Bäume der Kindheit wegreißt und so gesehen eine verbrannte Erde hinterlässt.

Doch im Moment hatte ich andere Sorgen. Ich kaufte mir eine Rute für Anfänger und wurde bei diesem Angelklub vorstellig. Der Typ, der mich an einer Art Rezeption empfing, stellte sich vor als ein Herr Drews, Jörg Drews. Doch als ich ihn sah, kam alles wieder hoch. Denn anhand des Fotos hatte ich ihn trotz des Alters erkannt. Es war der Chef der Clique von damals. Auch er trieb sich also hier herum. Drews war feist geworden, immer noch stämmig und sehr muskulös; er musste wohl nebenbei Fitness betreiben Er war der stellvertretende Leiter des Klubs und gab sich zunächst zuvorkommend. Ich musste mich sehr zurückhalten und begründete meine Behinderung auf seine Frage hin nervös mit einem Autounfall. Die Rute stellte er in eine Ecke, füllte mit mir das Aufnahmeformular aus und lieh mir eine Angel, die seiner Ansicht nach besser geeignet sei. Ich hätte auch Glück; sie würden in zwei Tagen zu einer Talsperre fahren, um dort legal Fische zu fangen.

Man nahm mich also mit, und am Stauweiher lernte ich auch Henry Kaulfuß wieder kennen, den schlaksigen Typen, der, wie ich beobachtete, auch ständig mit Drews zusammenhing. Ich konnte meine Wut über ihre Selbstzufriedenheit kaum bändigen. Kaulfuß war Lakai geblieben, wie ich unschwer konstatierte. Und bei Drews brach oft in Gesprächen mit den anderen diese Rigorosität durch, wie er sie schon damals an den Tag legte. Doch inzwischen waren sie erwachsen, vom Leben gezeichnet, besaßen vielleicht Familie. Das störte mich wenig. Im Grunde ändert sich niemand wirklich. Im Wesen bleibt man, wie man ist. Ein Lakai wird immer einer sein, und ein Angeber wird sich zeitlebens mit seinen Ambitionen brüsten. Der Mensch ist prinzipiell durchschaubar.

Ich hatte richtig geraten. Drews betrieb nebenbei sogar ein eigenes Fitness-Studio. Nach dem Angelwochenende bat ich ihn um das Training meiner Oberkörpermuskeln und nach zwei Wochen ging ich bei ihm in der Trimmbude ein und aus. Die anderen Pakete, Stammbesucher von ihm, klopften mir anerkennend auf die Schulter und lobten meine Einstellung. Wir sprachen über Paralympics und nebenbei gab Drews bekannt, dass er demnächst bei einem Wettbewerb im Bodybuilding antreten würde.

Ich kam endlich auf eine Idee und besorgte mir übers Internet

Anabolika, die man oral einnehmen sollte. Der Wettkampftermin von Drews war mir bekannt; ich galt mittlerweile als Faktotum im Center, und es gelang mir am Vorabend der Meisterschaft, in Drews Trinkflasche den bewussten Extrakt einzufüllen.

Der Wettkampf begann, die Kampfrichter testeten auf unerlaubte Mittel, Drews war positiv, er wurde disqualifiziert, seine engen Freunde rückten von ihm ab, er musste das Fitnesscenter schließen. Schluss, aus. Er hatte mein Leben versaut und ich ihm nun seines. Wilst du etwas dazu bemerken, Konrad?" funkelte mich Bregelein an, der sich in Rage geredet hatte.

„Nein, ist schon gut, Holger, ich kann dich schon verstehen. Drews hat vielleicht nur einen Traum begraben müssen, du aber bist gezeichnet."

„Schön, dass du mich verstehst. Unter Männern hätte ich das regeln können, aber ich bin keiner mehr." Tränen des Zorns traten ihm in die Augen.

„Lass gut sein, du bist ein Mann. Erzähl mir von Kaulfuß", beschwichtigte ich.

„Kaulfuß", fuhr Bregelein nach kurzem Schweigen fort, „war früher Alkoholiker. Das erfährt man alles, wenn die Leute Vertrauen zu einem haben. Dieses Makel konnte Kaulfuß mir schon erzählen; schließlich saß ich im Rollstuhl und war wohl mehr gehandicapt. Jetzt galt er als clean, doch seine Rolle damals wollte ich nicht durchgehen lassen.

Du ahnst vielleicht, was sich nun ereignete. Irgendwann drehte ich ihm Bier an, was als alkoholfrei deklariert war – ich vertauschte ganz einfach die Flasche - und versetzte es noch mit Schnaps in geringen Mengen. Das Ergebnis war verheerend. Der Rückfall kam. Ich weiß von einem anderen Angler – denn ich blieb noch lange im Klub, um nicht aufzufallen – dass er wieder in die Klinik musste."

„Nun ja", sagte ich zweifelnd, „und was war mit dem Dritten im Bunde, diesem Schwarzhaarigen? Der hatte sich ja bei Ebelings Feldzug mit den Zobelbrüdern feige davongemacht."

„Ja, aber mitgegangen, mitgehangen", sagte Bregelein. „Das wurde ein schwieriger Fall. Drews konnte ich nicht mehr fragen; er verschwand in der Versenkung, blieb sogar dem Angelklub fern, und Kaulfuß auch nicht, der hatte andere Probleme; sie hätten ohnehin beide womöglich Verdacht geschöpft. Die alte Sache hatten sie vielleicht verdrängt, aber mit Sicherheit nicht aus ihrem Gedächtnis gestrichen. Auch wusste ich nicht, ob die Beteiligten überhaupt noch alle miteinander in Kontakt waren.

Mir blieb nur der Name des Dunkelhaarigen, Volker, und das Foto. Doch je länger ich über alles nachdachte, umso mehr wurde mir bewusst, dass mir keine andere Chance blieb, als Kaulfuß auszuhorchen, er war der Labilere. Aber wie an ihn rankommen? Während seines Entzugs fiel mir die Schwester wieder ein, Henry's Schwester. Er hatte sie mehrfach erwähnt; einmal war sie sogar zum Angelwochenende eingeladen und hatte Würstchen gegrillt. Sie besaß ein kleines Nähstübchen und besserte Klamotten für Kunden aus. Es war nicht schwer, das zu ermitteln, und ich besuchte sie kurzerhand in ihrer Boutique.

Barbara Kaulfuß war genau so schlaksig wie ihr Bruder. Sie hatte langes brünettes ungepflegtes Haar und wirkte im Gebaren oberflächlich. Nach einer kurzen Begrüßung – sie arbeitete einfach weiter – wollte ich die Station erfahren, auf der ihr Bruder läge. Ich würde ihn gern besuchen. Henry wolle im Moment niemand sehen, erläuterte Barbara. ‚Auch anrufen hat keinen

Sinn', sagte sie. ,Handys sind nicht erlaubt.'

,Dann hat man es ihm wohl abgenommen?'

,Nein, das hab ich. Er hat es mir für die Zeit übereignet.'

Doch wie sollte ich an das Handy kommen, ohne dass Barbara misstrauisch wurde? Ich versuchte es einfach. ,Der Volker hat wieder mal angerufen. Der wollte wissen, wie es Henry geht?'

Ich hatte ins Schwarze getroffen. ,Ach was, der Bornschein!' entfuhr es Barbara. ,Dass der sich meldet, der feige Sack, der Oberlehrer!'

,Was ist denn los?' fragte ich besorgt.

,Der Bornschein ist ein ganz linker Hund', sagte sie, unterbrach ihr Nähen und kam ganz nahe zu mir heran, ,kennst du ihn?'

,Nicht so genau', stotterte ich.

,Die sind doch zusammen in die Schule gegangen. Aber Henry ist eben abgesackt, und der kluge Volker wurde Lehrer. Hat immer schön gelernt, war eben ein Streber. Sie sind ständig in Kontakt geblieben. Auch, als Henry dem Alk verfiel, hat der Volker ihn andauernd missioniert. Und jetzt, bei dem Rückfall, ist ihm das egal. Wahrscheinlich, weil er eine neue Flamme hat. Dabei ist er verheiratet. Aber mir entgeht nichts'

Mit soviel Information hatte ich nicht gerechnet. Ich rüstete zum Gehen. ,Umgezogen ist er wohl nicht schon wieder, der Volker?' fragte ich. ,Ach was, der wohnt immer noch in der Apollostraße.'

,Sag bitte nichts zu Henry, dass Volker sich gemeldet hat. Das würde ihn jetzt zu sehr aufregen.' –

Ich ließ es eine Weile gut sein und widmete mich der Familie. Doch dann fuhr ich in diese Apollostraße und sah mir, als es dunkelte, die Klingelschilder an. Es war keine lange Straße, und der Name Bornschein eher selten Ich entdeckte ihn auch bald und beschloss eine Beschattung Volkers.

Als Verleger hat man gewisse Freiheiten; man muss nicht immer in der Früh vor Ort sein, sondern kann auch einmal einen Vertreter einsetzen. Also begab ich mich auf die Spur Bornscheins, der offenbar nicht nur feige, sondern auch untreu war.

Er verließ stets sieben Uhr seine Wohnung – sein Gang war immer noch der gleiche – und fuhr zur nahegelegenen Mittelschule. Das reichte mir vorerst, und ich wartete bis zu einem Freitag. Als ich Bornschein nachmittags aus der Schule kommen sah und verfolgte, änderte er seine gewohnte Richtung und fuhr in die Stadt. Dort traf er sich mit einer Frau, die meines Erachtens nicht die seine war.

Wenn man viele Jahre mit einer Frau verheiratet ist, bricht nicht gerade die Leidenschaft aus, wenn man sich sieht. Sie wandelt sich in ruhige, gewohnte Treue um. Das ist nun mal so. Es kann nicht sein wie am Anfang. Doch wie tief diese Treue verwurzelt ist, zeigt sich, wenn so ein Paar durch gewisse Umstände vorübergehend getrennt wird. Das Feuer ist nicht mehr da, aber man stellt fest, dass man seines Lebensinhalts beraubt ist.

Aber ich schweife ab. Ich beobachtete also die beiden in einem Bistro und mir wurde klar, dass ich die Sache nicht mit dieser Geliebten lösen konnte. Am Ende ist man immer der Dumme. Ich musste es schlauer anstellen.

Rollstuhlfahrer gelten als harmlos. Man kommt man überall hinein. Auch in diese Schule, in der Bornschein unterrichtete. Man beleidigte mich nicht einmal, als ich Einlass begehrte. Das erstaunte mich, weil das sonst gang und gäbe war. Die Schüler – es musste wohl Pause gewesen sein – ließen mich zuvorkommend ein in die Gemächer der Bildung. Es klingelte; ich war drin; im Moment sah ich nur Frauen, Lehrerinnen, wie ich vermutete; aber keine hatte hier eine Art Oberhoheit; man ignorierte mich, besser gesagt, tolerierte mich. Alles flutete in die Klassenräume zurück, Türen schlossen sich, wie beim Rückspulen eines Bandes; mit einemmal herrschte Schweigen, eiserne Ruhe, und ich erinnerte mich meiner Schulzeit. Es war noch genauso.

In den Zimmern begannen Lehrer zu dozieren, und ich war plötzlich völlig einsam und fühlte mich sehr verlassen. Ein Mann im Rollstuhl, der nicht so, wie er will, an dieser rastlosen Welt teilhaben kann. Wieder kam Zorn in mir hoch. Ich wusste nicht einmal richtig, warum ich hier war und begann, mir die Wandzeitungen der Schüler anzuschauen.

Natürlich wurde die Jugend heuer anders erzogen. Das Bildungssystem setzte Prioritäten. Der Umweltschutz spielte eine große Rolle, die Achtung vor dem Nächsten, obwohl das kaum Früchte trug, denn, wie man hörte, wurde gnadenlos intrigiert, der etwas andere Klassenkamerad fertig gemacht. Jeder wollte ein Besonderer sein, die Massenmedien verrichteten ganze Arbeit.

Offenbar machten auch die Verantwortlichen Fehler. Die Jugend soff, feierte Partys, sie dösten sich voll, brachen ein, stürzten ab... Da blieb mein Blick an einem Konterfei Bornscheins hängen. Er war auf einem Foto zu sehen, das ihn im Kreise irgendwelcher Schüler zeigte, vermutlich auf einer Klassenfahrt. Auch hier erkannte ich ihn sofort wieder. Sein dunkles Haar, dieser zurückhaltende Blick. Selbst auf dem Bild kam er mir feige vor. Er lächelte auf dem Foto; er lächelte mich an.

Plötzlich öffnete sich die Tür eines Raums, vielleicht des Lehrerzimmers, und ein Mann trat auf den Flur. Unglaublich, es war tatsächlich Bornschein, der da auf mich zukam und vor mir Halt machte. Vielleicht eine Freistunde. Darauf war ich nicht vorbereitet.

‚Zu wem möchten Sie denn?' fragte er. ‚Und wie sind Sie hereingekommen?'

‚In der Pause...', entgegnete ich, ‚ich bin früher mal in diese Schule gegangen.' Das entsprach nicht der Wahrheit; ich stammte von ganz woanders her, aber hier musste ich lügen. ‚Ich werde jetzt auch wieder diese Stätte verlassen.' Ich wandte mich mit dem Rollstuhl um. ‚Moment, Herr...', hielt mich Bornschein zurück.

‚Bregelein', entgegnete ich.

‚Welcher Jahrgang?'

‚Dreiundsechzig.'

‚Das ist auch mein Jahrgang', bemerkte Bornschein und musterte mich eingehend. ‚Ich kann mich allerdings an einen Bregelein nicht erinnern.'

‚Erinnern Sie sich wenigstens an den Sommer 74?'

‚Ja', sagte er überrascht. ‚Da sind wir Fußballweltmeister geworden.'

‚Da ist noch mehr passiert!' rutschte es mir heraus. Bornschein ging mir allmählich auf den Keks. ‚Die letzten Spiele konnte ich im Krankenhaus nicht mehr sehen.'

Seine Augen glitten an meinem Rollstuhl herab. Er schien zu überlegen. Dann wollte er etwas sagen, unterließ es aber. Sein linker Mundwinkel zuckte. ‚Ich weiß nicht, worauf Sie hinauswollen.' Hinten im Gang öffnete sich eine Tür, ein Mann

109

kam heraus, sah herüber, dann auf die Uhr und rief: ‚Volker, dein Sport! Du bist noch hier? Was treibst du da?' Es war offenbar der Direktor. Bornschein fuhr herum. Dann zischte er mich an: ‚Verlassen Sie jetzt die Schule!' Bornschein entfernte sich.

Als ich mich der Schulhaustür näherte, nahm ich rechts von mir an der Wand einen Metallbehälter wahr, an dem stand: Sorgenbriefkasten.

Zwei Tage später, abends, in der Bildungseinrichtung waren Abendschüler zugange, steckte ich einen Zettel in diesen Kummerkasten. Damit endet diese Geschichte." Bregelein nickte.

„Das war doch noch nicht alles", wandte ich ein.

„Ich bin etwas erschöpft vom Erzählen", sagte er.

„Der Zettel?"

„Bornschein war Sportlehrer. Das hatte ich ja nun mitbekommen. Ich schrieb auf den Wisch: Herr Bornschein hat mich in der Umkleide angefasst. Ich war allein und habe keine Zeugen. Er drohte mir, wenn ich etwas verrate. Ich weiß nicht mehr, was ich tun soll. Ich schäme mich, meine Identität preiszugeben."

„Was passierte dann?"

„Man bekam nichts Genaues heraus; das war klar. Es war ein anonymes Schreiben. Aber der Geruch haftete nun an ihm. Die Schule konnte sich das nicht leisten. Er wurde entlassen. Und es sickerte durch. Seine Frau ließ sich von ihm scheiden. Selbst die heimliche Freundin bekam davon Wind und gab ihn auf. Er hatte nichts mehr."

„Nicht ganz fair", sagte ich.

„Was ist denn fair?" fragte Bregelein verbittert. „Dass man mich behandelt hatte wie Fallobst? Schau mich an! Dass ein Mann einen Meistertitel holt, nachdem er mich verletzt zurückließ?

Dass ein feiges Arschloch mich erkennt und es verleugnet und sich nicht entschuldigt? Und dazu noch seine Frau betrügt? Was ist schon fair?" wiederholte er. „Alle sind Schweine und keiner ist ohne Schuld. Tagtäglich belügen wir uns und heucheln. Das wird auch noch erwartet. Wahrheiten verträgt niemand. Und Selbstjustiz wird geradezu heraufbeschworen, denn man tut nichts. Niemand tut etwas, aber alle schauen zu und wollen auch noch Popcorn dazu fressen."

„Beruhige dich, Holger", sagte ich. „Ich kann dich ja verstehen."

„Niemand versteht je etwas", sagte er.

„Und zum Schluss?"

„Am Ende schickte ich allen dreien den Abzug des Fotos, auf dem sie auf der Brücke abgebildet waren, zur ewigen Erinnerung, damit sie wussten, woher der Wind weht. Dann tauchte ich ab. Ich war mir sicher, sie würden sich nicht melden."

„Und Ebeling?"

„Zuerst glaubte ich schon, er hätte mich im Stich gelassen. Doch als Drews mir dann sagte, mein Kumpel läge hinten im Gras, zusammengeschlagen, so war auch Gernot ein Opfer. Ich habe ihn nur nie wiedergesehen."

„Nun", sagte ich, „dem lässt sich abhelfen."

Der Rest ist schnell erzählt. Ich informierte Ebeling über mein Gespräch mit Bregelein und er kam mit Agnetha aus Schweden zu Besuch. Ich fädelte ein Treffen ein. Gernot und Holger sahen sich nach nunmehr fast dreißig Jahren wieder.

Da Bregelein Verleger war und Ebeling sein Manuskript mit einer wahren Geschichte in der Schublade hatte, auch mit meiner Hilfe, schlug Holger vor, dass Gernot ein Buch schreiben solle;

Gernot hätte Ambitionen, verfüge über eine gute Stilistik, drücke sich knapp und präzise aus und könne die ganze Sache mit veränderten Namen schreiben, damit sich niemand erkannt fühle. Auch würde er, Holger, seine Erlebnisse und Sichtweisen mit einfügen. Das wäre gar nicht so übel und könne ihrer beider Schicksal schildern. Ebeling sagte zu.

Zwei Jahre später – Björn und Renate genossen ihren Ruhestand, das „Pidder Lüng" lief ganz gut, wir hatten regen Besucherverkehr - checkte im Sommer ein Paar bei uns ein, Mario und Patricia Faber mit ihrer kleinen Tochter. Die Frau trug dunkelblondes fülliges Haar, das sie hochgesteckt hatte. Sie ähnelte ein wenig einer italienischen Filmschönheit, und Liane stieß mir in die Seite, als ich sie anstarrte. Ihr Mann Mario kümmerte sich rührend um die Tochter und nahm sie auf den Arm, um an der Wand die alten Bilder anzusehen, die Björn einst aufgehangen hatte. Dabei fiel sein Blick auf ein Gemälde. „Zeigt das die Besetzung Rügens durch die Schweden 1630?" fragte Faber. „Na klar, hier steht es doch", bestätigte er sich selbst.

„Ich kenn mich nicht so damit aus", sagte ich und begriff. Er war dieser Mario, der sich für das Militär interessierte. Man ändert sich im Prinzip nie. Ich hatte beide durch das Lesen des Manuskripts von Ebeling erkannt. Patricia war Gernots Ex-Freundin und Mario der Ex-Kumpel. Sie hatten also eine Tochter. Doch ich wollte nicht mein Wissen preisgeben und fragte Patricia nur, als ihr Mann schon die Treppe hochgeeilt war: „Waren Sie schon einmal in Dierendorf?"

Sie sah mich lange an: „Ja, früher." Sie schloss kurz die Augen und folgte ihrer Familie.

Und wieder kam ich auf eine Idee. Ich konnte es nicht lassen. Als Mario und Pat längst abgereist waren, wurde mir klar, dass Ebeling wirklich viele Opfer gebracht hatte, um den Klauen seiner angeblichen Schuld zu entrinnen. Ich begab mich auf das Einwohnermeldeamt, tätigte ein paar Anrufe und verschickte eine e-Mail an Gernot und Agnetha, in der ich beide bat, uns mit einem Besuch zu beehren, was sie ohnehin vorhatten, denn einmal im Jahr wollten sie die Eltern und uns wiedersehen.

Doch diesmal musste ich den Zeitplan koordinieren. Es passte, und sie kamen drei Wochen später in Dierendorf an. Die Begrüßung war wie immer herzlich. Die zwei hatten kleine Geschenke aus Schweden mit, die dem Zollgesetz nicht im Wege standen.

Sie richteten sich ein; wir nahmen noch einen Absacker, dann gingen sie zeitig schlafen. Sie waren müde von der Reise.

In der folgenden Stunde sah ich ständig auf die Uhr. Doch endlich standen diese zwei Männer in der Tür, auf die ich gewartet hatte.

Am nächsten Tag waren Gernot und Agnetha schon früh auf den Beinen, frühstückten und wollten durch den Ort, um die Veränderungen zu begutachten, anschließend zu den Eltern und zu Sophie.

Die zwei spät eingetroffenen Gäste vom gestrigen Abend hatten länger geschlafen und nahmen dann einen Brunch bei uns. Auch sie wollten sich natürlich das Dorf samt Umgebung ansehen und ausgiebig baden. Man sah es ihnen an: Das waren Naturburschen, in die Jahre gekommen, aber unternehmungslustig, offen, kräftig und für jeden Spaß zu haben.

Ich kündigte für den Abend eine Zusammenkunft im kleinen Kreis an.

Auch Liane suchte noch Sophie auf – Gernot und Agnetha waren am Nachmittag zum Kaffee bei ihr – und eröffnete ebenfalls die Aussicht auf eine Wiedersehensfeier mit einer Überraschung.

Am Abend fing es an zu nieseln. Ich bereitete mit Liane am Stammtisch des „Pidder Lüng" alles vor. Dort sollten die Beteiligten sitzen.

Die Gäste waren sich gegen siebzehn Uhr schon über den Weg gelaufen, aber auf ihre Zimmer gegangen, um noch ein wenig zu ruhen und sich frisch zu machen.

Schließlich tauchten sie aus ihren Unterkünften auf, Gernot, Agnetha und die zwei Gäste. Liane tafelte Biere auf. Björn saß bereits mit seiner Frau am Tisch. Die Hinzugekommenen nahmen Platz; es wurde nicht lange diskutiert – das ist an der See so üblich – und wir tranken das erste Glas auf unser Wohl.

Doch dann musterten sich die Teilnehmer der Runde. Ich ergriff auch gleich das Wort, indem ich traditionell mit einem Löffel an ein Weinglas stieß.

Alle Augen richteten sich nun auf mich. „Liebe Eltern, Agnetha, alter Schwede", winkte ich mit der Hand zu Gernot, „liebe Gäste", ich wies nach links, „wir sind auf mein Betreiben hin heute zu einem besonderen Treffen hier versammelt.

Wie soll ich es sagen? Liane und ich sind glücklich, durch merkwürdige Zufälle hier zu sein. Wir haben viele Menschen kennen gelernt, die wir nicht mehr missen möchten. Vor allem die Lindströms.

Aber genug von uns. Ich wollte unbedingt eine Sache zu Ende bringen – Gott, wie klingt das, eine Sache.

Eines Tages fand ich ein Manuskript. Da begann für mich das wahre Leben.

Ich sag's jetzt einfach. Ich will auch meine Gäste nicht länger auf die Folter spannen: Hier, Gernot", wandte ich mich an Ebeling und zeigte auf die zwei angespannten Gesichter der zwei Neuen, „sind deine Freunde aus der Kinderzeit, Steffen und Jens Zobel. Ich habe sie eingeladen. Und das", vollendete ich und sah sie an, „das ist Gernot Ebeling, euer Kumpel aus der Wildnis am Fluss."
Gernot wirkte wie versteinert, und ich erschrak bei dem Gedanken, ihm womöglich keinen Gefallen getan zu haben. Doch dann erhob er sich wie in Zeitlupe und ging langsam auf die Brüder zu, die sich ihrerseits von den Stühlen lösten und abwechselnd Gernot und mich ansahen.
„Steffen", sagte Gernot zu dem Größeren. Dann ging sein Blick zum anderen Bruder. „Jens."
„Du bist Gernot?" fragte Steffen.
„Das gibt's doch nicht!" rief Jens.

Ich möchte nicht die Theatralik dieses Momentes beschreiben, die nun mal bei solchen Gelegenheiten nach so vielen Jahren hervorbricht.
Wir verlebten ein paar schöne Tage, badeten; Gernot sprach mit den Brüdern über die alten Zeiten, und irgendwann mussten alle auch wieder abreisen. Ich blieb mit Liane zurück.

Ein Jahr später schickte uns Ebeling einen Brief; er schrieb gern und mochte E-Mails nicht. Darin teilte er mit, dass seine Mutter nach Österreich gezogen sei, es gefiele ihr dort, und er unterstrich dabei die Merkwürdigkeit, dass nun zwei Mitglieder

der Familie Deutschland verlassen hätten.

Auch sei ihm zu Ohren gekommen, dass sein Bruder Ralf in Scheidung läge. Von Petra, seiner Schwester, hätte er auch nichts mehr gehört, nur, dass ein neuer Lebensgefährten an ihrer Seite stünde. Die Verbindungen seien gänzlich abgebrochen.

Er hätte sogar herausbekommen, dass sein Ex-Schwager Thilo an Bechterew leide, was diesen die Stelle als Fuhrparkleiter kostete – denn wem nützt ein kranker Arbeitnehmer schon – und die Aussicht auf weitere Reisen pulverisierte, denen er bis dahin ununterbrochen gefrönt hatte. Das täte ihm, Ebeling, außerordentlich leid.

Zusammenfassend könne man sagen, dass sich niemand für jemanden interessiere. Eine der Errungenschaften unserer Zeit.

Das Lokal läuft gut. Gernot und Agnetha besuchen uns, auch Holger Bregelein scheut mitunter nicht den Weg zur Küste, und wir sitzen dann in trauter Gemeinschaft beisammen. Die Lindströmeltern sind immer dabei.

Die Gebrüder Zobel leiten einen Gebrauchtwagenhandel. Selbst jetzt sind sie unzertrennlich.

Manchmal gehe ich mit Liane abends ans Meer. Wir beobachten das Spiel der Wellen, wie das Wasser an das Gestade brandet, als ob wir etwas völlig Neues sehen würden.

Doch suche ich gelegentlich allein die Nähe der See und starre nachdenklich in die uferlose Weite. Ich denke an Ebeling, ich denke an Familien, deren Mitglieder sich voneinander entfernen wie die Sterne im All, an Menschen, die durch einen dummen Zufall wie durch Ozeane getrennt scheinen und an andere, die der Zufall zusammenführt. Das Leben ist kurz.

Der Beginn der menschlichen Gesellschaften war gekennzeichnet durch den Zusammenschluss von etwa zwanzig bis dreißig Personen, die alle miteinander verwandt waren.